看山还是

Still Seeing Mountains

陈晓萍 著

北京大学出版社
PEKING UNIVERSITY PRESS

图书在版编目(CIP)数据

看山还是山/陈晓萍著. —北京：北京大学出版社,2013.6
ISBN 978-7-301-22555-4

Ⅰ.①看… Ⅱ.①陈… Ⅲ.①随笔-作品集-中国-当代 Ⅳ.①I267.1

中国版本图书馆 CIP 数据核字(2013)第 106472 号

书　　　名：	看山还是山
著作责任者：	陈晓萍　著
策 划 编 辑：	贾米娜
责 任 编 辑：	贾米娜
标 准 书 号：	ISBN 978-7-301-22555-4/F·3630
出 版 发 行：	北京大学出版社
地　　　址：	北京市海淀区成府路 205 号　100871
网　　　址：	http://www.pup.cn
电 子 信 箱：	em@pup.cn　QQ:552063295
新 浪 微 博：	@北京大学出版社　@北京大学出版社经管图书
电　　　话：	邮购部 62752015　发行部 62750672　编辑部 62752926　出版部 62754962
印 刷 者：	北京大学印刷厂
经 销 者：	新华书店
	730 毫米×1020 毫米　16 开本　13.5 印张　166 千字
	2013 年 6 月第 1 版　2013 年 6 月第 1 次印刷
定　　　价：	39.00 元

未经许可,不得以任何方式复制或抄袭本书之部分或全部内容。
版权所有,侵权必究
举报电话:010-62752024　电子信箱:fd@pup.pku.edu.cn

目 录

看山还是山

领导的当法 …………… 003

外包激励 …………… 008

准备开会 …………… 014

民主管理是个麻烦事 …………… 020

80后的面孔 …………… 026

公司的品德 …………… 028

劳动力的价值 …………… 031

难缠的人 …………… 033

领导力的本质 …………… 039

有自由才有创新 …………… 041

企业民主才有活力 …………… 046

改制后的中国企业能走多远？…………… 048

成也关系　败也关系 …………… 050

不需艺术的管理方法 ············ 052

管理的难题（Ⅰ）············ 056

管理的难题（Ⅱ）············ 063

自由的员工和有创意的公司之间有什么关系？············ 068

我的晋升我做主 ············ 071

千万不要消灭竞争对手 ············ 074

夹心饼干的滋味 ············ 077

看水不是水

画　墙 ············ 083

独一无二的周杰伦 ············ 086

戴安娜的眼神和 Lady Gaga 的面具 ············ 089

权·色·戒 ············ 092

《悲惨世界》：一部拷问灵魂的巨著 ············ 095

别开生面的追悼会 ············ 100

听　琴 ············ 104

美眉开店 ············ 107

美眉画脸 ············ 111

我家有女初长成 ············ 120

美国青年上山下乡 ············ 127

全家旅行 ············ 131

登山望水 ············ 138

越南之行散记 ············ 144

牛津大学掠影 ············ 153

樱花雨 ············ 164

爱情公园 ············ 171

一个人 ············ 175

纪　念 ············ 177

曾　经 ············ 182

古树里的爱情 ············ 184

莲花交响 ············ 189

大自然的纹理：石头对水的记忆 ············ 194

看山还是山

领导的当法

在一个组织里,虽然大部分的岗位都有明确的职责规定,但是与领导或管理有关的岗位,其职责却常常难以精确描述和测量,这可能是为什么许多人抱怨管理岗位不容易考核之原因。同样的职责,操作起来的伸缩范围却可以相距甚远,多做少做常常就会取决于在岗位上的那个人对职责的解读和愿意付出努力的程度,当然,由此产生的效果也会差异显著。

对这一点产生如此感触是在我自己做了系主任之后。系主任其实并没有特别明确的工作职责,每年必定要做的大事主要有几件:第一是绩效考核,第二是招聘工作,第三是现任教师的升迁评比,第四是安排教学课程。但是我后来发现这里的每一件事包含的内容其实都可多可少。就像绩效考核这一项,具体操作的伸缩范围也可以很大。比如,花多少时间在仔细总结每个人的成就和不足上,又花多少时间在提供反馈上,都是每个系主任自己掌握的。记得在我之前的系主任从来都不曾找过我面谈,给予我绩效反馈,所以让我误以为自己一直都优秀,也不知道与别的同事之间的差距,以及自己应该努力的方向。而这一条对于还没有拿到 Tenure 的青年教师又是特别重要的。自从我担任系主任之后,考虑到自己曾经的感受,决定不仅花时间找青年教师面谈，而且还找每一位终身教授面谈，告诉他们一年的总评分，以及评分的基础。并且在谈话之后，给每一位老师写一个书面总结，明确指出他们的优点、缺点，鼓励他们再接再厉，并且将这一份书面材料归档。没想到的是，这样做了之后，许多老师都告诉我他们是多么欣赏我的努力，得到反馈的感觉多好，因为一切都变得透明了。以前自己只能猜自己得了几分，现在所有的东西都一目了然了。我突然领悟到，原来系主任也是可以有不同的当法的，而现在我则拥有相当的自由度来定义这份工作。

既然如此，我就开始考虑究竟想在自己的系里营造什么样的氛围，创造什么样的工作环境，自己可以在其中担任什么样的角色，又怎样让老师都有参与感并且支持我想做的每一件事。我意识到以前的系主任的基本准则是多一事不如少一事，除了非做不可的之外，其余的尽量不做，也即最少化原则。而我却恰恰相反，想把自己可以做的事情做到最多，也即最多化原则。这样一来，当然把我自己忙得够呛。比如，我新做的第一件事就是把全系的老师迁移到本地的一个高尔夫俱乐部，举行一个为时一天的"务虚会"（retreat），讨论我们作为一个系想要达到的愿景、目标，分析我们目前具有的优势、弱点，以及存在的机会和威胁，最后制订出行动方案。为了把这次会开好，我事先选择会议地点，约请大家尊敬的学者前来担任会议的引导讨论者，并反复与他沟通我们此会的目的。与此同时，我还专门设计了调查问卷，事先让老师们就我们即将讨论的问题进行回答，搜集整理答案，并提供反馈。这些准备工作前前后后就花了三个月时间。因此到了开会的那一天，我们的讨论就非常具有针对性，在愿景、目标等问题上达成了共识。在讨论优势、弱点的时候，我们不仅对整个系的科研和教学现状更加清楚，而且也暴露出了一些平时没有引起注意的问题。我们对这些问题一一提出解决方法和指定负责跟进的老师，以及找到落实资源的方式。大家献计献策，一天下来，列出了一张长长的行动项目清单。

既然是集体讨论的结果，这些行动项目的实行就不是我一个人的事了，这样很自然地就把许多老师变成了我的帮手。我们于是在系里开展了很多新的活动，比如除了每两周一次的研究论坛（brownbag seminar）之外，我们还增添了一个小型的非正式论坛，名为"半拉子想法圆桌会"（half-baked idea roundtable）。这样一来，同事之间交流研究想法的机会又增加了，而且我们还在非正式论坛上供应午餐，更提高大家的食欲和参与的兴趣。又比如，我们觉得应该在美国管理学年会上组织我系毕业生的聚会，联络感情，给现在的博士生和已经在美国各大院校任教的毕业生牵线搭桥，彼此增加了解，为他们的职业发展提供机会。于是我们立即行动，在当年的年会上就召开了酒会，当然这个活动又花去了不少的准备时间，但是看着大家那么享受酒会的氛围和浓厚的校友情谊，我们心里都觉得快乐。

就这样不知不觉地我们系就增加了很多活动项目，同事之间的了解加深，气氛更加融洽温暖。与此同时，每当系里的老师有论文发表、得奖，或者教学得奖，研究生论文答辩成功，或者有其他的喜事发生时，我就会立即写邮件祝贺并且发送给全系的师生，把他们的好事传到所有人的耳朵里。如果有一些特别重要的成就，我还会立刻向院长报告，让院长在全院范围内进行表彰。除此之外，每一个学季结束的时候，我都会让每个老师把他们在这个阶段内取得的成就报上来，这些成就不仅限于工作范畴，还包括重大的生活里程碑事件，比如结婚生子，或者孩子高中毕业考上大学，或者自行车环形赛得了名次，或者跑完了马拉松，或者登上了雷尼尔雪山的山顶，都同样值得报告。然后我就会对这些工作和生活成就进行总结，突出重点向全系师生和院长宣布。做这件事常常也会花去我不少时间，但是不断有好消息向全系师生宣布，无疑对营造积极向上的文化氛围有相当的作用，也让我这个当系主任的觉得脸上有光！

当然，随着活动的增加，我一个人绝对无法应付，于是"授权"就成为我的良方。我知道我们的老师平时每一个人都忙得四脚朝天，所以就尽量将事情分散到不同的人的头上。有时在无人主动请缨的情况下，我就会仔细物色合适的人选，然后个别做工作，因为所有这些活动都是无偿服务，所以有时需要一点特别的说服技巧。人员定下来之后，我就给予充分信任让他们放手去做，除了需要我帮助的时候我一定立刻救援之外，其他情况都是由他们全权做主。当然，每一次有人同意负责一件事的时候，我就对他们在全系范围内大肆表扬，称赞他们的企业公民行为，让他们从内心感到自豪。一个系虽然不大，却是五脏六腑俱全，需要大量的协调工作，而这些工作只靠我一个人无法完成。现在我们有老师主管博士生项目，协调博士生之间的种种事项；有老师主管研究论坛；有老师主管招聘事项；有老师主管系里的实验室；也有老师主管教学论坛、年会、酒会等。大家分工合作，井然有序。其他的大事由我主管，但遇到棘手的情况时我会找几个骨干分子咨询，让他们给我出谋划策。而他们负责的事项出现问题时，我也同样提供援手，帮助他们解决问题。

这样几年下来，我已经能够感受到整个系的动态韵律，有时不需要思索，该做的事情就会自动在我的头脑中跳出来。比如我们刚刚开完全系的圣诞晚宴，我就已经在物色明年负责此事的人选。而明年三月的务虚会现在也到了准备的时候。更别提一月份的招聘活动、二月份的绩效评审报告和反馈时间表了。然后就是五月份的教学论坛、六月份的年终派对和八月份的管理学年会酒会……事情一件一件都已经排好，而从这些事件中我就能触摸到我们系的脉搏和心跳。

仔细思考，其实我这篇文章的命题适合几乎所有的高层管理岗位，比如商学院院长的当法,杂志主编的当法,公司老总的当法,等等。是用最少化原则还是最多化原则做事,对一个学院的师生、杂志的作者和读者、公司的员工都会产生直接的影响。而尝试用最多化原则,不仅会让你感到自由和使用创意的乐趣,还会让你感到原来当领导也可以是一件这么有意思的事,不亦乐乎!

2011年12月18日于上海至马德里途中

外包激励

很多企业的领导和中层管理人员常常把激励员工看成是自己工作职责中的一个重要组成部分，这当然没有问题。但是不知道他们想过没有，其实激励这项工作也是可以外包的呢，而且，外包的效果甚至会比自己亲自去激励要更加有效！

我在这里用几个真实的故事来说明一下外包激励的含义，希望看完之后你会同意我的说法。

故事一：院长募捐

在美国大学就任商学院院长，其中最重要的一项工作就是募集资金。在目前整个经济不景气的大环境下，这项工作对学院的生存和发展尤其至关重要。被募集资金的对象通常是经营情况良好的私营企业的拥有者或上市公司的领导，因为他们中的许多人腰缠万贯，而且年龄偏大，比较容易产生在有生之年为身后留下些什么的念头。然而，他们并没有任何责任和义务要为你捐款。我们院长为了激励他们慷慨解囊，常常使尽招数。比如，描述学院未来发展的美好图景,五年计划,十年计划;力赞目前学院师生的质量和潜力,同时指出如果有更多有实力的师生加盟会给学院带来的变化;学院目前的文化氛围是多么积极进取彼此合作,又会如何因为他的捐款而更上一层楼;他留下的遗产将如何随着学院在全世界地位的提高而永垂不朽;等等。与此同时,学院常常设立一个"攻关"小组与这些潜在捐款人保持持久的联系,请他们参与学院大大小小的活动,到课堂上与学生分享自己的工作和生活经历,并在逢年过节时给他们道贺送礼。经过这样长期艰苦的努力,学院的确赢得了不少稳定的捐款。

但是,有意思的是,有一次院长在做这样的汇报演讲时,偶然决定让一位在读的 MBA 学生与他同去。这位学生在读 MBA 期间遇到公司裁员不幸被裁,非常沮丧。本来期望在得到 MBA 学位之后能在原来的职位上再升一级,没想到现在因为自己的学习连工作都给丢了。因为大部分商学院的竞争气氛浓厚,同学之间一般视彼此为竞争对手,这位学生就没有张扬,只告诉了一两个关系比较近的同学。让他吃惊的是,他们立即对他的境遇表示出深刻的同情,而且主动与别的同学沟通,想办法帮助这位失去工作的同学寻找一份新的工作。结果一个月之后,另一位同学的工作单位恰好有一个职位招聘,他的专长和技术与职位要求相当吻合,他就被录用了。这件事让他充分体会到福斯特商学院的与众不同之处,这里非但不是一个"人挤人"的地方,相反,有着浓厚的"人帮人"的文化。这位学生的陈述让许多在座的潜在捐款者感动,深切体会到院长平时向他们宣传的不是虚言,而是实情。这一次,院长自己没有费多少口舌就取得了相当好的激励效果,有一位当场就答应给学院捐款一百万美元。

这个偶然的事件让院长看到了外包激励的优越性,以后只要有合适的机会,他都会带着已经毕业的或正在就读的本科生和 MBA 学生去现身说法,让他们用自己的故事去让潜在捐款者感受学院的文化、学院取得的进步、学生们自身的优秀品质和价值取向,以及他们的沟通能力、社交能力以及领导能力。学院是培养人才的地方,当一个个出类拔萃的学生(学院的产品)出现在潜在捐款者面前的时候,学院本身的质量和潜力也就不言而喻了,哪里还有不愿捐款的道理?

就这样,我们学院的捐款情况越来越好,不仅已经完成了一座新大楼的建设,第二座新楼也在不久的将来可待竣工。

故事二:销售医疗设备

美国的强生公司是一家生产、销售医疗卫生产品设备并为这些产品设备的使用提供服务的多元化公司。在一般情况下,销售人员只要对设备的性能有全面的了解,可以向客户提供有关设备的重要信息就可以上岗销售。在这种情况下,销售人员的工作目标明确,就是尽可能越快越多地销售设备,没有其他更多的想法。然而,销售工作常常被描述为是"需要厚脸皮"的工作,当年美国著名作家米勒的《销售员之死》就对该工作进行了淋漓尽致的描写和剖析。如何能够激励销售人员孜孜不倦地推销设备呢?强生公司用的方法相当令人回味。他们在培训销售人员时,不是简单地传授销售技巧或产品知识,而是让销售人员在了解了设备的性能和用法之后,把他们带去医院的手术室,亲临战场,观察并指导医生使用该设备仪器拯救病人的生命。在手术室里,他们亲眼看见自己的工作(销售设备)在整个救死扶伤过程中的重要作用,从而从内心深处产生对自己工作的认同,看见自己工作不同寻常的意义。

在这里,外包激励,用设备使用过程中的受益者(医生)以及终端的受益者(病人),而不是只通过管理人员的直接教导或奖惩制度来激励销售人员,其可持续的积极效果要长久得多。这也是为什么强生公司这家百年老店可以老当益壮经久不败的原因之一。

故事三:主编的进度

作为一个学术期刊的主编,令我最头疼的问题之一是我的编辑团队(副主编)中有人在审稿判稿过程中的拖延。因为我们期刊在学术界的地位,作者是否能够得到终身教授的职位有时可能就取决于这一篇论文的接受与否,所以主编在某种程度上决定着别人的命运。在美国的学术界,大部分的编辑都是义务劳动,能够被选为顶级期刊的主编是自己学术水平和声誉得到认可的表现,而且审稿本身也有助于自己对现有学术进展的了解,所以许多人都愿意做这件事。与此同时,做主编的学者也常常是被其他人追逐的对象,许多人身兼数职,繁忙不堪。在遇到来自多方的需求时,就需要做出取舍,将做事的先后进行排序。

为了能够把我们的审稿过程控制在三个月之内,我经常与副主编们沟通,希望他们能够及时处理稿件,发现审稿人拖延过久就要写信催促,如果催促无效,那就要迅速另找。另外,一旦审稿人的意见返回,必须迅速判断,并写出审稿意见和最后的录用决定。学术期刊的审稿过程遵循双向匿名(double blind)的原则,作者和审稿人之间彼此不知对方的姓名,只有负责终审这篇稿件的主编和副主编知道。在多数情况下,主编/副主编即使知道作者的姓名,也并不认识本人,所以整个处理过程都相当抽象,去个人化,始终保持中性客观的态度。但有时也正因如此,就容易把作者看成抽象的个体,不能体会作者焦急和紧张的心情,将稿件搁置起来。这种情况在我们一位副主编身上表现得最为明显,我明说暗说,直接间接,温和犀利,都进行了尝试。他总是当时答应,过后照常,弄得我十分沮丧,不知道如何才能让他改变拖延的恶习。

正在我不知所措的时候,突然收到他的邮件,说他从现在起设计了一套新方法提醒自己及时处理稿件,今后将不再发生拖延现象。在以后的两周内,他果然天天都有进展,每天完成对一篇稿件的决定信件,把以前拖下来的慢慢补上了。我见到他的长足进步,不禁大喜,心里却相当疑惑:这家伙究竟吃了什么药突然猛醒了?我苦口婆心努力了一年都没有效果,几乎已经到了对他无望的程度。怎么在我就要完全放弃的时候,他的行为反而大大改变了呢?

带着这个疑问,我提出与他共进晚餐。我们边吃边聊,我就顺便问起他最近的变化,并带着玩笑的口吻说是不是因为我过去给他发了那么多邮件他终于不好意思了?他说当然当然,不过最让他不好意思的还不是我的邮件,而是另外一件事。在我的追问之下,他向我讲述了下面这个故事。

在美国的大学,助理教授一般有五年时间来准备自己晋升到终身教授所需要的研究成果。这份研究成果除了要得到自己任教的院系认可之外,还需要得到外校学术权威的认可。这些学术权威通常由评审委员会选取,而担任重要期刊的主编常常是被选择的对象。就在两星期之前,他收到一份要求他评审某助理教授的信件,他答应了。打开这位助理教授的简历,他发现在研究成果一栏里,有一篇论文的题目似曾相识,仔细一看,才发现那篇论文其实就是他正在评审的一篇稿件。这篇稿件在他手里已经放了将近半年时间,审稿人的意见均已返回数月,只是因为他自己的懒怠而迟迟没有处理。看着论文的题目和作者的姓名,他突然感到极大的震动和羞耻,有几分钟甚至不能思索。他仿佛看到作者站在自己的面前,用期盼又怨恨的眼神望着他,似乎在说:"是你的拖延让我的职业发展受到了阻碍……"那一夜,他久久不能入眠,三思之后,下定决心改掉恶习,立刻采取行动。第二天一早,他就叫来自己的博士生帮助设计一个提醒制度,并规定自己在收到审稿人意见之后的一周之内,完成对稿件的最后定夺,绝不拖延。

  听完他的陈述,我也相当震动,原来是他的终极服务对象的境况让他看到了自己工作的意义,看到自己的工作对别人命运产生的影响,才让他有了巨大的动力去改变以前习惯拖延的工作作风。在这种情况下,我这个当"领导"的什么都不用做,他就会主动地把自己的工作做好,真是外包激励的最佳例子了。如果我能够巧妙地以此为原则设计一套方法,让作者来承担激励的任务,不仅让我自己更轻松,激励效果还更佳,岂不快哉?

  也许是我们打开思路走出自我的时候了;激励的工作不仅领导可以做,其他人也可以做。领导的艺术在于能够在合适的场合选择合适的方法,有的时候不妨尝试一下外包法,让自己也被激励一下。

2011年8月于美国德州圣安东尼奥

准备开会

要让一个企业、学校、机关、团体正常运转,开会是免不了的事。以前自己在国内学习、工作的时候,对开会的大致印象就是大家坐在同一间屋子里,领导们在台上讲话,或者是传达最新消息或上级指示,或者是宣布规章制度,一般都是传达宣布完毕就散会,坐在底下的听众只要带耳朵即可,不需要其他任何准备。另外一个印象就是会很多,每周起码有一次,称为例会。而且每次开会走过场的为多,很少实质性地讨论或争论,即使有那么一点,也不影响最后会议的决定或结论,一般就是领导原先就已经决定的东西。因此,我的一个基本结论就是:开会对坐在台上的人来说是表演作秀,显示权威,对坐在台下的人而言则无趣且浪费时间。

当我开始在美国学习工作之后,才发现原来"会"可以有相当不同的开法,如何开会与"会"本身的性质有关,但基本的特征是没有"一言堂"。比如,我们系差不多每周都有一次学术研讨会(seminar),有时邀请外校的知名学者来分享他们最新的研究成果,但大部分是本系的教授和博士生分享各自的研究成果。在这样的会上,主讲的人都不搞一言堂,而是要求参会者随时指出其研究中的漏洞——理论上的,方法上的。一开始最让我震惊的,就是学界权威知名人士在台上演讲,台下的博士研究生居然也敢大胆举手提出十分尖锐的问题。更让我愕然的是那位学者不但不恼羞成怒,还会夸奖那个学生的一针见血,连说"好问题!好问题!"然后认真记录,并在演讲完之后把这些意见作为进一步完善自己研究的重要指导。每次这样的会开下来,台上和台下的人都能感受到思想的冲击和逻辑推论的缜密,收获良多。

除了学术交流,我们系另外开的会很少。在这个资讯发达科技发达的年代,若只是为了发布消息或者宣布决定,完全可以通过电子邮件的方式完成,不需要把大家在同一个时间聚在同一间屋子里。在一起开会,一定是有重要的决定需要做,而且需要每个人的参与、发表意见才能够做出,这是民主体制的要点。这些重要决定一般涉及几个方面:一是组织发展的愿景(vision/mission)、目标(goal)和文化价值观,必须有全体的参与认同才行;二是组织中重要的人事决定(personnel issues),比如招聘新教授、解聘不称职的工作人员、提拔优秀骨干,等等;三是绩效考核评价(performance evaluation),也需要听取各方意见面对面讨论才能得出比较全面的结论。

当然,就是这三种会议的开法也很不相同。有关确定愿景目标文化价值观的会,我们通常把它叫做务虚会(retreat),需要在离开日常工作场所的地方举行。而且每次开这样的会都不让领导作为主持人,而是邀请德高望重的与本组织没有关联的人士前来帮助引导和推进(facilitator)整个讨论过程,最后形成决议文本。这个务虚会对团队建设相当有益,但要取得良好的效果必须事先做大量的准备工作,一般包括以下几项:

- 深入了解每一个组织成员对于组织发展方向的理想、梦想,以及在未来五年、十年组织应该达到的状态的设想。
- 深刻剖析组织目前的现状——长处、优势、短处、痛处、弱势。
- 深入思考可以扬长避短、帮助组织实现目标和远景的短期及长期行动方案。

务虚会的组织者(常常由人力资源总监担任)需要事先做大量的调研工作(通过无记名网络问卷可以完成),总结整合调研结果,并将总结在会前反馈给每一位参与者,让大家都对这些问题有一个全面的认识。这样开会时就不需要再从头开始进行头脑风暴,而可以对已经提出的设想和行动计划进行深入的细节讨论,最后的讨论就会更聚焦、更深入,会议的成效就会更好。

第二种有关人事决定的会是最敏感也是最不容易开好的,因为有切身利害关系存在。这样的会事先准备不充分的话很容易误入歧途。比如讨论从外面来应聘的两个候选人(A和B)的任选资格,如果开会时第一个发言的人一开口就说:"虽然A的业务能力很强,但是我在面试他的时候他说话的语气和表情让我觉得这个人不是很真诚。"然后第二个发言的人顺口接到,"对,我也有同样的感觉,他一方面说自己特别愿意和别人合作,但另一方面又不经意地透露出他最喜欢一个人单干。而且昨天晚上我和他一起就餐时他还不断地抱怨他现在的工作单位,说那儿的领导一点都不关心员工什么的,我对他的真诚也表示怀疑"。

这时,整个会议的讨论方向可能会完全朝着对这个候选人的性格、真诚与否这些完全无法证实或证伪的东西上去,而忽视了其实A才是能力最强最能胜任工作的候选人。结果,那个业务能力可以(但不如A)的B只是因为没有让个别人"感觉不真诚"而被录用。A也许对自己究竟为什么落选自始至终都蒙在鼓里。

当然,面试时每个人的感觉也不是完全不应考虑的因素,但是如果把这个指标变成了最重要的指标,而且对候选人又缺乏长期了解就妄下定论的话,不论是对那个候选人还是对组织都是不公平的事。因此,要开好这一类会议,也必须要做事先的准备,但这种准备绝不是会前拉帮结派,串通一气;相反,是为了能够做出最准确可靠的预测。准备工作包括以下几项:

- 首先确定对招聘标准的详细讨论和定义。如果这些细则已经存在,就不需要另外开会制定;如果处于混沌状态,那么就需要先在这个问题上达成共识。比如业务能力、沟通能力、团队合作能力、工作匹配程度、性格特点是成功胜任岗位的基本条件,然后相对而言,哪些能力比另一些更重要(权重分配)也需要确定,再综合评分。

- 就以上确定的标准对最终入围的候选人搜集信息并进行全面考核。大部分的信息通过自我报告(个人简历)可以获得,但像团队合作能力和性格特征这样的软性指标就必须通过其他方式获得。一种方式当然就是心理测试,另外一种更可靠的就是向该候选人以前共过事的同仁了解情况,让他们提供基于长期交往和观察所得到的判断及评价。

- 向所有参加面试过程任何环节的人征求意见(用无记名的网络问卷),让他们就候选人的所有与标准有关的方面根据自己的短暂观察和交往体验进行评价,越细致越全面越好。

- 会前将这些意见整合总结反馈给所有参会者。

这些工作准备就绪之后,开会的讨论焦点就不会随机转移,讨论的随意性就会大大降低,讨论的结果将更加符合大多数人的愿望,选出的录用者应该就是最合适的那个人。这样的会开完之后每个参与者都会产生相当的成就感。

每一年的绩效考核评估会也是比较有挑战性的,关键的难点在于对自己的同事进行评价,而且这个评价会对同事的加薪、升职、解聘产生直接的影响。绩效评估长期以来都是企业管理的瓶颈,总是存在这样那样的问题。有意思的是,在美国的学术界,同一研究领域的人一般都很容易互相评价,为什么呢？主要的原因就在于大家对评价标准都有不言自明的共识，也就是说，即使在主观判断很可能产生的学术领域，客观的标准早已深入人心：那就是在一流学术期刊上发表论文的数量，以及论文本身的质量。而对于教学质量的评价，也有相当客观的指标：那就是学生对课程的综合评价，以及课程本身设计和内容的深度、挑战性以及趣味性。客观标准明确，剩下要做的准备工作就是搜集全面的信息，这些信息主要包括以下几项：

- 个人自我报告一年以来的成绩：发表论文的数量、期刊名称；正在进行的科研项目；在学术会议上做论文报告的次数等；教学的课程大纲，学生评价分数等。
- 教学的哲学思想，有无在教学中体现出学院提倡的主要文化价值观，是如何体现的，具体的做法描述。
- 自我评分，给自己在每一项评价指标上用9点量表打分。

这些信息都搜集完全之后，开会时讨论和达成共识就比较容易。一般来说，在讨论某人的绩效时，这个人需要离开房间，其余的人因此可以畅所欲言，把他们的观察和评价与大家分享讨论，然后每个人单独匿名写下对这个人的打分和书面评语。这样一个一个直到全部人员都讨论评价完毕为止。

为了保证每一个人都能畅所欲言，我们订有一条不成文的规定，那就是要求大家严格保密，不能把具体会上讨论的内容向任何外人透露，更不能把讲话人的姓名透露出去。这种习惯养成之后，不仅讨论的气氛浓厚，而且同事间彼此信任。民主、透明、公正的文化氛围自然形成。

在这三种相对严肃的会议之外，我们倒是经常开另一种会，那就是集体聚会（party），比如开学派对、圣诞派对、迎子派对（baby shower）、期末派对，等等。大家在一起吃吃喝喝、说说笑笑，其乐融融、开心无比。当然，把这样的聚会开好,事先也需要做相当的准备工作,我在此就不一一细说了。

你也许看出来了,我现在几乎成了一个喜欢开会的人,那是因为每一次开会都让我有所惊喜和收获。

让我们准备开会,好吗?

2011 年 2 月于美国西雅图
原载于《管理@人》2011 年第 3 期

民主管理是个麻烦事

以前自己在系里当群众的时候,常常喜欢静观每个系主任的行事作风,久而久之就有了一些有趣的发现。其中一个比较显著的就是每个人的工作努力程度不同:有的很花心思,有的得过且过。另一个是他们沟通风格的区别:不仅频繁程度不一样,方式也不尽相同。比如有的喜欢发邮件,有的喜欢打电话,有的喜欢单独面对面,有的喜欢集体开会。但是,在高级知识分子成堆的地方,起码大家有一个共识,那就是必须民主管理,不可能"一言堂"、要权威、搞专制,否则谁也不会服你,更不会尊敬你,主动帮你做事。

但是民主管理这件事,虽然大家都说好,要做到位却并不容易,尤其是当领导自己明确知道要什么的时候。比如,我们曾经有一个系主任,为了系里的发展,特别想招聘一个他个人非常了解的表现出色的年轻教授。很显然,招聘绝对不是一个人可以说了算的小事,必须公开透明,在全世界范围内,允许所有具备资格的人申请竞争,然后系里的全体老师参加面试考察,最后集体投票决定。这个系主任既想表现民主,又想把此事办成,所以就事先与大家沟通,并把该教授的履历给大家看,强烈推荐。后来我们按照招聘的流程在面试了数个够资格的候选人后,发现该教授的总体表现确实比其他人要好，就一致同意将他录用。系主任当然很高兴。可是没想到，在我们的录用书发出之后，该教授提出，他的太太也是我们的同行，如果我们也能录用他的太太的话，他才会考虑最后接受我们的录用。其实我们系的老师都知道他的太太在学业上并不出色，完全不够我们的录用标准，因此大家都不以为然。系主任很着急，但又不能他一个人说了算，就开始动脑筋如何把此事办成。我记得当时他一个一个地单独找人谈话，甚至还给所有的老师都发了一封邮件，意思是其实这个太太也应该是不错的，而且我们如果不给他太太一个职位的话，那么我们真正想要的教授就不会来了，岂不可惜？这样的私下沟通完毕之后，我们才集体开会投票。没想到许多老师并未被说服，坚持投反对票，结果有一半的老师不同意录用他太太。按照民主决议的原则，显然没有通过。可是系主任却铤而走险，最后擅自决定将其录用！我们后来给这个系主任起了个外号，叫做"假民主"，有的人则干脆叫他"控制狂"（control freak）。

这件事情给我的印象很深，对我的触动很大，也是我在当系主任之后千方百计避免发生的。既然我们相信民主是个好东西，那么就该民主到底，尊重大家的选择，即使这样达不到你个人最想得到的、认为最理想的结果。否则你就干脆提前告诉大家，你是最英明伟大、最有远见卓识、最能准确判断是非的人，不需要征求大家的意见就可以做出最好的决策。那样的话，也省去了很多繁复的程序，更不会被别人称为虚伪之人，当然，控制狂的名声可能还是免不了的。

因为我自己一向痛恨控制狂，而且偏爱真诚，所以在担任系主任之后，唯一的选择就是民主管理。做了这个选择不要紧，但是真的执行起来的时候，才发现其耗时、劳神的程度大大超出自己的想象。与此同时，由此带来的整个系文化氛围的变化，以及自己内心的踏实、镇定和自信，也是始料未及的。下面我讲一个小故事来加以说明。

这个故事发生在大约三年前。那一年,我们系要招一位战略管理教授。按照长期以来的招聘程序,我们首先成立了由四位教授组成的招聘委员会(系主任不是成员)。等到了截止日期之后,这几位教授便对所有申请者进行筛选。他们经过反复讨论之后,决定邀请四位候选人前来校园应聘。委员会将候选人的资料发给全体教授,让大家发表意见。四位候选人的条件都非常好,无论是研究论文的发表还是教学质量的评价都很高,大家都为有高质量的候选人而高兴。于是,我们就安排了对这四位候选人的面试过程:与每一位老师单独的面谈,与院系领导的面谈,与博士生的面谈,以及他们需要做的专题报告(Job Talk),等等。经过大约一个半月的时间,我们终于完成了整个过程,到了需要集体讨论进行决策的时候了。按照惯例,我们召开全系大会,让每一位老师都有对候选人发表意见的机会,然后全体无记名投票。在开会之前,我与招聘委员会进行了简单的沟通,了解他们对每一位候选人的想法,记得当时委员会主席与我分享他的意见,很显然他有自己的偏爱G,而我也认为他的判断十分有道理。我们希望其他的老师也和我们一样,都会投G的票。

开会的日子到了,那是一个星期五的下午,除了一位老师要上课之外,全体出席。我让招聘委员会主席主持会议,自己充当普通一员。他首先把四位候选人的简历重新给大家发了一份,然后就其中一位候选人,请每位老师自由发表自己的看法/观察/印象。这样讨论下来,大家一致公认有两位候选人我们将不予考虑。然后我们就集中讨论G和另外一位候选人J。在讨论J的时候,大家都认为他各方面都还行,只是研究的领域比较非主流,专题报告似乎也做得不尽如人意。讨论到G的时候,大部分资深教授都持非常积极的态度,认为他是一个难得的人才。但没想到好几位年轻教授指出，G虽然学术优秀，发表论文的数量和质量都超过J，但是感觉上似乎是一个不容易相处之人。换言之，他们对G是否是一个团队协作者表示怀疑。这个判断让我很震惊，因为在我与G的整个交流过程中，从未产生过那样的印象，不知这是哪里的空穴来风。于是我也把我的观察和印象与大家分享。等所有的意见都摆到桌面上之后，我们就开始了匿名投票的过程，然后公开唱票。最后的结果令人吃惊：J得到了所有人的赞成票；G得到了大多数人的赞成票，但是有三票反对。按照惯例，我们将先录用J；如果J拒绝，我们再录用G。

会议结束回到家后，我感觉心里比较堵，但也不知道堵在什么地方；因为从整个招聘流程来看，我们从头到尾确实都是民主的，可是现在选出的这个人又似乎确实不是最佳的，问题究竟出在哪里呢？正在我反复思考的时候，星期六突然收到了一位资深教授的邮件，强烈直白地说明周五的会议是不公正的；个别人凭借自己对G在半个小时中得到的印象而做出对他人格的全面评价，是非常有失公允的。如果G在这方面确实让我们的担忧，我们必须去做更加广泛深入的了解才行，比如去向G过去的同事、同学、老师等了解情况。这位教授平时很少给我发邮件，更别提周末发邮件了，这次绝对是破例了，可见他感觉到事件的严重性。面对这封邮件，再加上我自己的感觉，我立刻决定在周一召开紧急会议，与系里的十几位资深教授们商量此事的解决办法。更重要的是，我们需要讨论招聘教授的标准究竟应该是学术成就、教学质量，还是与他人容易相处的性格？历史上不乏性格孤僻怪异的伟大学者，我们到底是选择学术上的同事还是办聚会的朋友？

在紧急会议上，我们重新回顾了整个招聘流程，发现了一个重要缺陷，那就是招聘标准本身的模糊性。事实上，这么多年来我们从未有过明确的标准，大家都假设了一些标准并且认为这些标准是全体认同的。明确了问题产生的原因之后,我们立刻开始讨论理想的标准应该有哪些,权重应该怎样分配,在流程中还需要加上什么程序才能使评价更客观理性,从而能够选拔出我们认为未来最有发展潜力的优秀学者。这个共识很快就达成了,我立刻将新的招聘流程和标准做成文本,发给全系的老师,征求他们的意见。

与此同时,因为时间的紧迫性,我们需要立刻发出录用信函。那么到底录用谁呢？很显然,所有的资深教授们意见一致,G 比 J 更优秀,应该录用 G。但是按照全系投票的结果,J 的赞成票更多,应该录用 J。从另一方面看,似乎资深教授和年轻教授在评价候选人时用了不同的标准。我最后究竟决定录用谁,反映的不仅是对这二者之间权力的解读,更是对在原先的民主流程基础上产生的结果是否尊重和认可的问题。根据我个人的判断,G 比 J 更具潜力,对整个系的发展有相当积极的作用,这个判断与其他资深教授一致。但是,如果我按照我个人和资深教授的意见行事,年轻教授就会感到我对他们的不尊重,而且势必造成/加深资深教授和年轻教授之间的鸿沟,不利于整个系的团队氛围,破坏系里长久以来的民主文化。

思考再三之后,我决定忍痛割爱,尊重全体老师的意见,录用 J。与此同时,为了建立共识,我又召开全系大会,与所有的老师进行面对面的沟通,讨论新制定的招聘标准和流程,对每一条都做充分的商议,对其优点和缺点、长处和短处深入展开,最后在全体通过的情况下,把 10 条新标准和流程确立下来。从此以后,所有招聘都按这 10 条开展,没有异议,这两年招聘的结果都非常理想,整个系里的人心也比较顺畅,大家对招聘更加投入。今年的招聘工作也已开始,又到了检验我们的新标准/程序的时候。

从个人这几年的实践中,我体会到实行真民主管理的要素主要有三个:

首先是领导要真心尊重别人的意见,敢于放下自己的"Ego",不管自己认为自己多正确,在有一定人数反对的情况下,都能够放弃自己的意见。

其次是必须建立畅所欲言的氛围,让每一个人,不管其地位/资历如何,都敢于发表自己的心声,无论自己的意见多么与众不同,都敢于在会上表达出来。

最后就是领导必须有耐心,无论是对旧的制度进行修改,还是建立全新的体系/制度,都要花工夫,事先做大量的信息搜集和调查研究工作,并且遵守民主的流程,听取所有人的意见,然后再一步一步地建立共识。

民主管理虽然麻烦,但这种麻烦似乎还是值得的,因为它换来的是一个更公正的程序和更公平的结果,也是一个更舒畅更能培养主人翁意识的工作环境。

2012 年 7 月于美国西雅图

80后的面孔

一个时代的人有那个时代的共性,最鲜明的表现之一就是他们的面孔。如果说50后这一代人的面孔充满新中国的朝气,60后那代人的面孔带有革命造反的神态,70后这一代人的面孔透露着相当的迷茫的话,那么,80后这一代人的面孔中确乎带着最多的自信和个性。尤其突出的是,20世纪80年代以前的中国人常常给人千人一面的感觉。我至今还记得一张一个美国人在北京街头拍摄的照片:清晨时分,几百个中国人身穿灰色的中山装,披着透明的塑料雨衣,在马路上骑着自行车去上班的情景。大部分的人表情凝重,目光呆滞,严重缺乏生气。可是如今站在北京街头放眼望去,年轻人的打扮多姿多彩,不管是发型还是衣着,抑或是说话走路的姿态,都表现出各种不同的面目。可以说,80后这一代的面孔具有生机的程度和中国之外的年轻人无异,不再那么具有"中国特色"了。

在我看来,这是时代的巨大进步,也透露出80后这一代人所蕴藏的无穷潜力:自我意识的唤醒和强调个性的价值体系虽然与中国几千年积累的从上和从众的价值观格格不入,但却是中国企业未来发展和进步的基本条件。看一看对整个人类社会影响最大的几个公司——苹果、微软、谷歌、

Facebook，不都是由个性鲜明的个体在 20 岁左右的时候创立的吗？如果乔布斯、盖茨、佩吉、扎克伯格都是循规蹈矩从上从众之辈，人类的进步就要延缓许多年。

因此，我们讨论"管理"80 后的问题，不如换一个全新的角度。那就是，相对老一辈的 HR 应该改变自己的心态，带着欣赏的眼光引领 80 后，不管是 80 后还是 85 后，不以年龄作为划分类别的依据，而是关注他们每一个人的特点，并且创造条件将他们的优势和长处发挥出来，为企业未来的升级和进步打下基础。个性管理并不意味着废弃标准化的制度和程序；相反，正是在建立了合理的标准和程序的基础上，才可能体现出个性化的关怀和激励。

80 后是未来中国的希望，他们今天的成长环境和经历，他们的面孔中所表现的自信和坚定，将决定中国企业在未来世界舞台上的地位。

2011 年 3 月于美国西雅图
原载于《管理@人》2011 年第 3 期

公司的品德

在谈论个体的时候,我们常常会说到一个人的人品好坏。人品指的是一个人的道德品质,与容貌、智力、性格无关,与教育背景、家庭出身、性别、年龄也没什么关系。人品好的人并不一定要有理想有抱负,也不一定要有聪明才智,甚至不需要用心专一。但是他们必须具备以下几个特点:

首先是诚实守信,说到做到。人品好的人有自知之明,对自己对别人都诚实相待。他们一般不信口开河,也不随意许诺。但是他们一旦答应,一定全力以赴,兑现承诺。一诺千金是他们的座右铭。

其次是自律性强,在没有任何外在监督的情况下,能够自觉遵守条约。即使发现有漏洞可钻,有油水可捞,有美色可贪,而且就是钻了、捞了、贪了也不会被发现的情况下,依然可以心如止水地完成自己应尽的责任,不钻漏洞、不捞油水、不贪美色。

最后是做人实在低调,做事任劳任怨。他们不虚张声势、不花里胡哨、不喜欢抓人眼球。然而,他们可能会主动承担难题,或一声不吭地开始干起脏活累活。项目成功时,他们躲在后面看别人领奖;项目失败时,他们站到前面主动认错。他们是团队的幕后英雄。

因此,人品好的人就是那些"你办事、我放心"的人,我们尊重他们、信任他们,即使哪一天他们在职场上变成了我们的对手,我们仍然对他们的人品深信不疑,愿意与他们为伍较量。

把人品的概念上升到公司层面,就成了公司的品德。

最近在阿里巴巴公司发生的事件在某种意义上就表现了一个公司的品德。这个事件包含两个方面的内容:一方面是阿里巴巴的公司内部调查发现在2009—2010年间,其卖家会员公司中有2300多家提供虚假信息,造成买家交款之后收不到货的情形。而虚假信息的设立经过了阿里巴巴员工之手,涉嫌约100名销售人员。另一方面是公司发现此事后的具体做法。虽然作假公司占所有会员公司不到1%的比例,涉嫌的销售人员比例也只占总销售人员的2%,阿里巴巴却主动立刻公开此事、严肃处理(而不是内部私了)。为了显示公司高层对此事的态度,CEO卫哲和COO李旭晖都引咎辞职。这在中国企业发生道德丑闻的事件中还是第一次,显示出阿里巴巴与众不同的公司品德。

事件发生后,马云在写给员工的邮件中说:"对于这样触犯公司价值观底线的行为,任何的容忍姑息都是对更多诚信客户、更多诚信阿里人的犯罪!我们必须采取措施捍卫阿里巴巴的价值观!这是公司成长中的痛苦,是发展中必须付出的代价。痛,但别无选择。"那么,阿里巴巴的价值观究竟是什么呢?大家可能知道,阿里巴巴的核心价值观有六条,又被称为"六脉神剑":客户第一、团队合作、拥抱变化、诚信、激情、敬业。很显然,按照我前面对人品的定义,"诚信、激情、敬业"三条可以用来定义阿里巴巴的公司品德,无疑马云在说捍卫阿里巴巴的价值观的时候主要突出的是"诚信"这一条。

然而仔细分析这六条价值观,我却发现了一个问题,那就是"客户第一"

与"诚信"会有发生冲突的时候。那些作假的会员公司也是阿里巴巴的客户,如果把它们放在第一位,那么要做到诚信就不可能。从现在公司六条价值观的排序来看,似乎"客户第一"要更加靠前。再看一看对"诚信"一条的具体描述:"诚实正直,表里如一;通过正确的渠道和流程,准确表达自己的观点。表达批评意见的同时能提出相应建议,直言有讳;不传播未经证实的消息,不背后不负责任地议论事和人,并能正面引导,对于任何意见和反馈'有则改之,无则加勉';勇于承认错误,敢于承担责任,并及时改正;对损害公司利益的不诚信行为正确有效地制止。"这里最后一句与公司利益挂上了钩。可是问题在于支持客户的不诚信行为在短期内会给公司带来利益,而问题只有在时间过去之后才会浮出水面,给公司的名誉带来危机,同时给公司的长期利益带来损害。因此,虽然我敬佩马云捍卫价值观的举措,但是,如果公司的这六脉神剑彼此之间可能存在冲突,而其轻重缓急又未能理顺的话,到时候员工遇到复杂的情况恐怕还会做出错误的判断。

公司的品德与公司提倡的价值观紧密相连,因此价值观本身的界定必须清晰明了,开门见山。作为一家互联网公司,诚信是其能够生存发展的必要条件,是立业之本,技术和服务位在其次。我因此建议阿里巴巴对其核心价值观重新梳理,明确定义。诚信这一条必须放在首位,与利益分离。而且不仅要求自己的公司和员工独善其身,还赋予员工责任去要求/教育所有在阿里巴巴平台上运作的客户都必须遵守诚信原则。只有这样,阿里巴巴才能过上 102 个生日,才能真正实现"让天下没有难做的生意"。

希望所有的中国公司都成为有品德的公司,受到全世界的尊重和信任。

2011 年 3 月于美国西雅图
原载于《管理@人》2011 年第 4 期

劳动力的价值

对用工成本的关注虽然是帮助企业提高效益的一个重要方面,但是,只关注用工成本,而不看劳动力创造的价值,也即劳动生产率这个指标,对企业在对待员工的做法上会产生很大的误导。因此,我在此特别强调,在我们讨论用工成本时,一定要连带其他几个相关指标,即劳动力投入的工时和得到的报酬、劳动力创造的产出,以及劳动生产率。其中尤以劳动生产率为核心指标。

劳动生产率指的是劳动力投入的工时和实际产出之间的关系。在美国,常常用劳动力每小时创造的产品或服务价值来衡量。很明显,决定劳动生产率的除了员工的知识、能力、技能水平之外,还与企业整体的技术水平、资本投入、能源利用水平、组织生产能力、管理水平等有着密切的联系。劳动生产率是企业运作总体水平的体现,劳动生产率越高的企业,员工的价值(从报酬来看)也越高;反之,则越低。这也是为什么美国工人的工资要显著高于中国工人工资的主要原因之一。而且从美国劳工部统计局的资料来看,在过去5年(2006—2010)中,虽然员工工资的年均增幅达到3.23%,用工成本增加了,但是整体的劳动生产率也得到提高,年均增幅2.5%。二者并非对立指标。

据中国国家统计局局长最近透露的资料,在劳动生产率方面,中国不仅远远低于发达国家,而且低于不少新兴经济体。2008年,中国每个就业者创造的GDP为5 855美元,仅相当于美国的5.9%、日本的7.7%、俄罗斯的24.8%。换句话说就是,在创造财富能力方面,一个美国人"顶"16个中国人,一个日本人"顶"13个中国人,一个俄国人也"顶"4个中国人。为什么有如此巨大的差异呢?马建堂透露的另一个资料也许可以为此做一注解,那就是中国企业在资源特别是能源利用效益方面的低效。2009年,中国GDP占世界的8.6%,却消耗了世界46.9%的煤炭和10.4%的石油;而同年美国GDP占世界的24.3%,煤炭和石油消费量分别占15.2%和21.7%;日本GDP占8.7%,煤炭和石油消费量分别只占3.3%和5.1%。

而在企业的组织生产能力和管理水平这两项上,我并不能找到具体的相关数据。但是从这些年中国企业在"向管理要效率"的强烈需求上,我认为大部分企业在管理,特别是流程管理、技术管理、知识管理、资本管理、人员管理上尚有许多潜力可挖,更是值得关注的话题。

只有从影响劳动生产率的全面因素入手,才能真正解决用工成本的问题。仅在减员、降薪、少做培训、减少福利上做文章,将会产生本末倒置的效果。

2011年4月于美国西雅图
原载于《管理@人》2011年第4期

难缠的人

在管理中经常听说的一个原则是"二八原则",意思是一个组织的主要价值是由20%的优秀/核心员工创造的。我认为这个原则虽然可以解释某些行业比如制造业的价值产生过程,但并不适用于对知识要求高的行业,如高科技、高等学校、咨询服务,等等。相反,我发现另外一个"二八原则"可能倒有放之四海而皆准的解释力,那就是,管理者基本上需要花费他们80%的时间和精力来对付企业中仅占20%的那一小撮难缠的人。

难缠的人在英文中被称为"high maintenance people",这些人经常会因为各种各样的问题需要管理人员对他们进行关注、关心或者帮助,从而消耗管理者很多时间。这些人中有一些优秀员工,但多数常常是不那么优秀又无法开除或免职的人员。根据我这些年来的观察和实际经验,难缠的人大约有以下几类,按情节轻重排列:

1. 工作表现不良者

这里的工作表现主要指达到工作任务硬指标的程度,比如产品和服务的速度、数量、质量等。对教授而言,主要有三个衡量指标:第一是发表论文的数量和质量,质量为先,数量其次。发表在质量不好的期刊上的文章通常是数量越多评价越糟糕,这里要培养的是追求卓越的精神。第二个指标是教学的质量(数量一般是既定的),以学生的评价和体验为主要指标。第三就是服务的数量和质量,在这一项上,一般是以数量为主要度量标准。如果一些教授在研究和教学上都达不到要求,那么系主任就需要花时间与他们沟通,想方设法地帮助他们提高。假如时间花进去之后几年下来都不能提高的话,管理的成本就变得很高。在这种情况下,如果这些教授还没有拿到"终身"的资格,那么,年限一到就自动走人,问题也就迎刃而解。但是如果他们已经获得了"终身教授"的资格,那么,在他们身上花的时间就遥遥无期了。因此,工作表现不良者的"难缠"不在于他们整天要与管理者纠缠不清,而是因为他们常常是绩效出问题的根源,影响整个团队、部门,甚至组织的业绩和名誉,管理者不得不去"纠缠"他们,希望通过这样的努力能够促使他们进步。

2. 喜好奉承拍马者

奉承拍马的人在各种文化环境中都存在,只是数量多少不同而已。这些人喜欢经常出现在管理者的面前,有事没事都称赞他们几句,让他们听了心中甜丝丝的,因此对这些人留下非常良好的印象,在日后的资源分配中下意识地向他们倾斜。比如,有两名员工 A 和 B 工作表现同样优秀,但是因为 A 经常去管理者的办公室聊天,尽吹捧之能事,结果在只有一个可以去国外培训的名额时,A 就成为优先考虑的人选。其实仔细想一想,B 的工作表现同样优异,而且从来没有用拍马的方式浪费管理者的时间,是不是更值得推荐呢?

当然,有的管理者可能觉得奉承拍马很受用,并不觉得是浪费了他们的时间,而且内心深处还很渴望并鼓励这样的行为。假如事实果真如此,那么其他员工应该会相当敏锐地觉察出来,并开始仿效。那样,管理者的办公室门口将会门庭若市,前来"纠缠"的人会络绎不绝,他们也因此将花费更多的时间疲于应付这种对工作绩效的提升没有直接效果的活动。

3. 热衷印象管理者

这一类人的特点是特别在乎领导对他们的看法,因此会经常寻找时机向领导报告自己取得的成就,如果没有成就可报,就想办法与领导套近乎,从领导的只言片语中肯定领导对自己印象良好,不出问题。他们几天不见领导就不放心,因此无事也会登上三宝殿,东拉西扯上几句,主要的关注焦点是表现自己对工作的努力敬业。比如,A 和 B 分别承担了招聘的工作,A 负责招聘销售人员,B 负责招聘研发人员。整个招聘过程从起草招聘广告、选拔符合资格的候选人前来面试,到最后做决策会经历很长一段时间,而且其中的细节设计不计其数。领导要看的最后结果是找到了合适的人选没有,招聘成本花费几何,其中的过程全部由 A 和 B 按照公司惯例走流程,自主决策。在这种情况下,那个热衷印象管理的 A 就会不断在领导办公室出没,汇报每一个细节,以表现自己多么负责敬业。而那个 B 却只有在最关键的时候前来与领导商量讨论,其余的时间则忙于做与招聘工作本身有关的事。结果 A 与 B 都顺利完成了招聘任务,但是 A 却占用了领导的很多时间。

与前面的情况相似,如果领导是一个事无巨细都必须过问的人,那么 A 的举动不仅不会让他觉得浪费时间,而且会让他感到自己的重要和 A 对自己的尊重,那么同样前来汇报"纠缠"的人就会越来越多,结果领导自己被细节拖累而筋疲力尽,没有时间思考大局的战略和发展方向。更糟糕的是,如果每一个岗位的负责人都如此行事的话,他们就永远长不硬自己的翅膀去独自承担更大的责任。

4. 小道消息搜集和传播者

这一类人也可称为好事者,英文中有一个词专门形容这种行为,叫做

"nosy"。他们对各类事情都嗅觉灵敏，而且兴趣无穷，总是张家长李家短地打探消息，然后及时传播。因为领导掌握的信息一般比较多，他们就会经常在领导办公室门口转悠，尤其是遇到公司发生重要变革的时候，比如薪酬制度改革、考核制度改变，或者某个职位有空缺正在讨论候选人，等等，都是打探消息的良机。在这种情况下，领导要完全守口如瓶比较困难，尤其是对自己平时比较"亲近"的员工，不小心就说漏了嘴，结果被好事者以"小道新闻"的方式传了出去。如果后来的决定与当时透露出去的一致，倒也无伤大雅；但如果不是如此，就会出现相当尴尬的局面，一时半会儿各种猜测横行，领导必须再花很多时间去解释说明，安抚人心。

5. 为达到私利不按程序做事者

这一类人之所以难缠是因为他们破坏已经得到大家认同的公正程序去谋求个人的利益，让大家对组织公正的信任程度有所降低。更糟糕的是，他们不按常理出牌的举动如果经常得到正面强化，那么组织的公正程序就无法维持，需要浪费领导很多的时间去重塑信任。比如说，公司规定对优秀员工在年终发放相当于一个月工资的奖金，而对优秀员工的定义是年终绩效考核总分在 80 分以上（总分 100 分）。现在员工 A 的总分是 75 分，不够年终奖的资格，但他又特别想得到。怎么办呢？按程序办事，他应该自己检讨为什么没有达到 80 分，争取明年更努力工作赢得得奖的资格。他也可以与自己的直接主管沟通，指出评分的不合理之处，希望主管能够改变原来的绩效评估，提高自己的分数，然后得到年终奖。但是他没有这么做，而是想到了程序之外的方法。他知道，年终奖的最后决定权其实在公司的 CEO 手里，而不是自己的直接主管。因此，只要能够搞定公司的 CEO，不就解决问题了吗？假如这里的员工 A 是一位英俊的年轻男性，而 CEO 是一位年过半百的女性，A 不通过主管直接去找 CEO，而是用自己的色相作为工具去说服 CEO

其实自己对公司做出了很大的贡献,那个绩效考核分数并不能真实反映自己的贡献,而且自己正在非常努力地学习,补足自己的短处,而这份年终奖金对自己的意义已经超过金钱本身,会成为激励自己不断努力的有效措施。这时候,CEO 可能心一软就答应了。而且,如果不公开张扬,谁也不会知道。就做一次好人吧。

可是,世界上没有不透风的墙,这种事迟早会被传出去。如果直接主管知道了此事,会作何反应?一种可能性是随他去,但是从此失去对 CEO 的信任,也失去坚持程序公正的动力。另一种可能性是拍案而起,一定要就此事与 CEO 去争个究竟,并试图改变 CEO 的决定。还有一种可能性是直接与 CEO 沟通,指出他在此事的处理上犯的错误,取得共识,以后杜绝诸如此类事件的发生。

如果其他的员工得知了此事,又会作何反应?最直接的就是对 CEO 的不信任。继而可能转成:"既然 A 可以通过这样的手段得到年终奖,我为什么不可以也尝试一下呢?"如果大家都尝试一下,从此 CEO 的门口就要排长队了,CEO 因此给自己带来巨大的困扰。因为这一类人的行为而造成的管理人员的时间浪费以及对公司文化可能造成破坏的危险,我将他们列入特别难缠的人之列。

6. 唯恐天下不乱者

比上述难缠者更严重的当然是唯恐天下不乱者。这些人可能并不经常出现在领导的办公室门口占用时间,但是他们在背后做的事情却让管理者头脑发胀,痛苦不堪。这些人通常自己表现不佳,被领导批评。为了转移大家的注意并且让领导难堪,他们唯恐天下不乱,在任何场合,只要有机会找到管理中的漏洞疏忽,就会以要求公正的名义及时煽风点火,等到火烧起来之后,一走了之,在别人看不见的地方偷偷大笑。不清楚这些人嘴脸的年轻同事还以为他们是"正义"的化身,敢于挑战领导,但其实他们只是公报私仇,并非真的想建立公正机制。否则,他们应该私下找领导沟通,指出问题并提出合理的解决方法和建议。

如果一个组织里有一两个这样的人,他们就会像一颗老鼠屎一样坏了一锅粥,用英文来表达就是"one bad apple spoils the bunch",把整个氛围搞得一塌糊涂,管理者把所有的时间用来扑灭他们放的火也许都难以成功。

本文对难缠之人的几种面目和行为做了一些描述,目的在于让大家对这些人有个明确的认识。当领导或管理者的人,与普通人不同的地方就是有权力也有责任。有权力必须谨慎使用才会显示权力的威严,而责任却必须随时承担才能发挥管理的效能。管理者必须时刻保持清醒的头脑,认清楚哪些是难缠之人或难缠之举动,及时处理他们或纠正他们的行为;否则,大量的宝贵时间被他们占用,就会大大降低管理的效率。

2011年4月于美国西雅图
原载于《管理@人》2011年第5期

领导力的本质

在企业管理中,领导力是经久不衰的话题,有关领导力的新理论因此层出不穷。自从20世纪90年代中期美国学者巴斯(Bass)提出较有革命性的变革型领导理论(Transformational Leadership)以来,最近在学术界又出现了一些新的领导理论,其中包括道德型领导(Ethical Leadership)、真诚型领导(Authentic Leadership)、战略型领导(Strategic Leadership)、分享型领导(Shared Leadership)、服务型领导(Servant Leadership)、殿后式领导(Leading from Behind)、第五层领导(Level 5 Leadership)、全球型领导(Global Leadership)、家长式领导(Paternalistic Leadership)、侮虐型领导(Abusive Leadership)等,谦卑型领导(Leader Humility)亦是其中之一。这些领导理论或者从领导的个人特性出发,或者从领导的行为风格出发,或者从领导的功能出发,去描述他们对下属工作态度和行为绩效的影响,并试图由此确定他们对整个组织文化和绩效的影响。

每一个理论都可以找到具体的领导人作为佐证。比如,变革型领导的典型代表有当年克莱斯勒的总裁李·艾柯卡、宝洁的上一任总裁雷富礼,道德型领导有沃伦·巴菲特,真诚型领导有IBM公司前总裁格士纳,战略型领导有通用电气前总裁杰克·韦尔奇,分享型领导有梅约医院(Mayo Clinic)的约翰·诺斯沃斯(John Noseworthy),殿后式领导有南非前总统纳尔逊·曼德拉,第五层领导有金伯利-克拉克公司(Kimberly-Clark)的达尔文·史密斯(Darwin Smith),全球型领导有身兼尼桑和雷诺两家汽车公司总裁的卡洛斯·高森,家长式领导有台塑集团的王永庆,侮辱型领导有福特公司的创始人亨利·福特以及迪士尼的创始人沃尔特·迪士尼等。谦卑型领导在中国企业家中比较突出的可能要数李宁、柳传志和王石了。

在以上这些领导人中间,有些人名气大,有些人名气小;他们所经营的企业也是有大有小,有专业型也有多元型,行业有差别,组织架构也十分不同。但是他们却有一个共同点,那就是他们领导的公司都取得了卓越的成就。因此,这里就出现了一个大问题:既然这些领导性格迥异,工作作风大相径庭,战略眼光长短不一,道德水准参差不齐,为什么他们都能把企业经营成功呢?领导力的本质究竟是什么?学者们提出这林林总总的领导理论,究竟抓住了领导力的本质没有?

答案其实很简单,领导力的本质就是能够影响一群人达成共同目标的能力。不同的理论只是从不同角度强调了如何"影响"一群人,他们构成一头大象的不同部位,但都没有描述出整头大象的面目。因为影响力的大小因时间、场合、文化以及受众的不同而改变,因此也就不存在唯一一种放之四海而皆准的领导理论。最重要的就是能够把握时间、机遇、文化和受众的心态,使用合适的方法激励大家,从而达到组织成功的共同目标。

2011年5月于美国西雅图
原载于《管理@人》2011年第5期

有自由才有创新

中国经济在过去三十多年中取得举世瞩目的成就,一个重要原因就是中国企业的发展和成功。这些企业,尤其是民营企业,更是社会经济高速发展的主要贡献者。有数据显示,中国民营经济总量已占到 GDP 的 50% 以上,民营投资亦超过总投资的 50%。中小企业数量超过 4000 万家,提供 75% 以上的城镇就业岗位。更令人惊叹的是,中小企业的技术创新占了全国技术创新总量的 70%、国内发明专利的 65% 以及新产品的 80%。① 很显然,企业的成功背后是一个企业家阶层的崛起。而正是这个企业家阶层的崛起,为中国未来经济的持续发展奠定了牢固的基础,因为企业家从事的是创造社会财富而不是分配财富的工作。

然而,最近几年中国大学毕业生的就业倾向表明,报考公务员出现了千军万马过独木桥的局面。就 2012 年的全国公务员考试而言,报名参加的人数超过 150 万,几近当年大学生毕业总量的 1/4,是 10 年前的 20 倍。相形之下,选择创业的大学生可谓寥寥无几,尚不到毕业生总数的 1%。这样的反差,令人不禁产生中国企业家是否会后继无人的忧虑。同时,作为商学院

---

① 陈海,《九二派:新"士大夫"企业家的商道和理想》,北京:中信出版社 2012 年版,第 170 页。

的教授,我也不禁扪心自问:我们究竟应该把学生培养成什么样的人?

对这个问题的思考让我得出一个简单的结论,那就是,要使中国经济持续发展,要使国富民强,必须鼓励有知识、有文化、有专业特长的大学生/MBA学生创业或进入企业工作,让他们加入到创造财富的大军中去。而在这一点上,与大学的其他学院(比如文理学院、医学院、法学院)不同,商学院肩负着义不容辞的责任。商学院应该成为培养中国未来创业家和企业家的摇篮。

要实现这个目标,最重要的是培养我们的学生(大学生和MBA学生)具有创业的精神、能力、知识、工具,并且提供促进创业成功需要的经济支持。我个人认为,知识、工具和金钱在今天的中国都不是难题,但是要培养创业的勇气、精神和能力,却需要商学院在以下几方面做出相当大的努力。

首先,有创意才能创业。创意来自何处?众多研究表明,产生"啊哈!"这一瞬间起码需要两方面的条件:其一是个体的思想和内心有足够的自由空间;他们的头脑中没有框框和禁忌,他们对自己的思想和行动可以自主。其二是他们对某一问题沉醉入迷,能够专心进行极度深入的思考。从我个人的观察来看,中国的商学院需要给予学生更多的自主空间才可能让他们产生头脑和心灵自由的感觉。这些自主空间可以包括课程的选择、专业方向的确定、导师的选择、毕业时间的选择、实习单位和长度的选择,等等,而不是规定了很多具体的准则和条款,对所有的人都一刀切。用外在的条件和压力去鼓励创意,只能得到适得其反的效果,因为创意与一般的工作任务不同,不是用压力可以压出来的,也不是用奖励可以奖出来的。它必须来自个体的思想和内心深处,必须是自然发生的。

在这一点上做得特别突出的莫过于谷歌了。我早就听说谷歌要求员工把20%的上班时间花在与当前工作任务没有关系的项目上。这些项目必须是员工自己喜欢、着迷的,在上班时间捣鼓非但不认为是侵占了公司资源,反而受到鼓励。从谷歌这些年的实践来看,其许多新产品、新项目的发明都是这项政策的产物。比如,谷歌内部的"三人行必有我师"网站,就是一位员工在其上班的20%的时间内做成的。另外有一位员工认定"创新"不是个体与生俱来的特质,而是可以后天习得的,他就用这20%的时间,设计了一门详细的课程,一步一步地指导谷歌内部的员工如何创新,成效也相当卓著。再比如,有的员工热衷于背包旅行,去探索那些非要徒步才能观赏到的奇景,他们用20%的时间提出了对Google Map的升级,这才有了许多身背大摄像机骑着自行车穿行在世界不同城市的大街小巷,或者徒步穿行在壮观的自然景区(如大峡谷、黄石公园)为Google Map增添更丰富详细内容的大军。为什么这20%的自由时间成了创新的发源地呢?很可能就是在完全没有压力、思想完全自由的状态下,个体更可能产生灵感的缘故。

如果一个公司都可以"放任"员工到此程度,高校的商学院又为什么不能在确定了基本的教学理念和框架下给我们的学生足够的自由和自主权呢?只有如此,学生才可能进入随心所欲不逾矩(freedom within framework)的境界,他们才会热爱自己选择学习的科目,才会不断萌生创意。

其次,敢于挑战权威挑战世俗的人才可能有创新精神。其实在今天的中国企业家中,尤其是属于"九二派"①的那一批,大部分都是世俗和权威的挑战者。他们从很多人想进去的"官道"上跳出来,"下海"摸爬滚打,开创出一片新企业、新行业和新天地。这样的品质和气质是不是商学院可以培养的呢?今天中国许多商学院的教学方式虽然较之传统的文理学院更加开放,但鉴于中国社会高权力距离的影响,还很少见到鼓励学生挑战教授或学

---

① 陈海,《九二派:新"士大夫"企业家的商道和理想》,北京:中信出版社2012年版,第170页。

术权威的情景。我个人认为,在思想的平台上,人人平等,不应存在所谓的师道尊严。在美国大学的课堂上,学生和老师在课堂上唇枪舌剑是司空见惯的事,而教学的范式也是以案例讨论、辩论为主,得出的结论常常是师生共同"探讨"达成的共识,所以对每一个案例在不同的课堂上讨论其结论常常会有所差异。但这并不影响答案本身的"正确性",因为所有与商业(business)和人(people)有关的问题事实上都不存在"标准答案"。如果中国商学院的必修课程中有70%以上的课程都采用这样的教学方式,经过若干年的努力之后,学生们在思想上敢于挑战权威的精神就可以得到强化,创新更可能发生。

而从创意过渡到创业,还需要有挑战世俗的勇气,需要具有相当的反叛精神。很明显,在整个大学生群体从业倾向于"公务员"的今天,走自主创业的道路就更显得与众不同,更可能遭到他人的嗤笑和嘲弄。但是,每个商学院可以在自己的学院内部营造支持创业的环境和氛围,并把这种氛围通过各种各样的活动、比赛和表彰沉淀成学院的核心文化,影响一代又一代的学生。比如我所在的华盛顿大学福斯特商学院,就是这样做的典范之一(其他还有很多大学,比如弗吉尼亚大学的达顿商学院、密西根大学的罗斯商学院、莱斯大学的琼斯商学院等)。首先,我们设有"创业"副专业(minor),原先只有商学院的学生可以选,从今年秋季开始开放给全校的大学生。选择"创业"作为副专业的学生必须修满一系列与创业相关的课程,如"创业营销学"、"创业金融学",等等。但仅仅修课是不够的,因为创业是一个需要"动手"的专业,也就是说我们必须让学生经历真正创业的过程,以便他们在学完后就可以立即创业。因此,我们提供两个学期的连环"实践"课程,让学生组成创业团队,从创意的萌生,到发展成一份包含各领域分析的商业计划书,到在投资者面前演示、回答问题,到拿到经济支持,到产品开发以至实际运营,统统经历一遍。更重要的是在每一个环节,我们都邀请有过实际创业经验的实践者给学生提供指导。

除此之外,我们还设有一个创新和创业中心(Center for Innovation & Entrepreneurship),每年在全校范围内举行大规模的创业计划大赛,把工学院、医学院、法学院的学生与商学院的学生集中到一起,并和学校的"专利"办公室合作,尽量把我们学校教授和学生申报的专利项目变成创新产品。这个大赛一般要经过几个月的时间数轮之后才结束,因为在每一轮我们都请有实际经验的当地成功创业者前来指导、评价、提出修改意见。每次大赛都有将近两百名实业家参与,而且本地的各大小公司还捐款支持优秀的项目,让他们在比赛完之后可以立刻上马运作。十几年下来,这个大赛已经成为福斯特商学院的标杆项目,受到整个华盛顿州以及邻州大学的重视,结果他们也都要求参加,因此我们扩大了范围。近几年中心还推出了以环保为主题的创业计划大赛,也搞得热火朝天。从七年前开始,我们学院还开始举行全球大学生的"社会创业计划大赛"(Global Social Entrepreneurship Competition),鼓励非营利的创业项目,以帮助解决全球存在的饥饿、疾病、贫困等问题,这个大赛得到了盖茨基金会的积极支持和赞助,这些年下来我们每年都收到几百份来自世界各地多个国家大学生的创业计划书,我们也同样请实业界的创业者来参与指导、评选,支持了许多有价值有意义的项目。

在这样的氛围之下,创业成为一种使人向往的职业选择,它不但能使个人的创意得到实现,而且有助于整个社会财富的增长,有利于全人类的幸福。同样的事情,我坚信中国的商学院也完全可以做到。

商学院应该而且可以成为中国未来创业家和企业家的摇篮。

2013 年 1 月 15 日于美国西雅图
原载于《亚布力观点》2013 年第 1 期

企业民主才有活力

一个企业要持续发展,必须不断创新;而企业的创新能力主要取决于两个因素:一是企业内部的员工有无创意,二是企业本身是否拥有自由发挥的活动空间。发表在《中国管理新视野》2012年第2期上的文章不约而同地表现了一个主题,那就是:企业民主才是其保持创新活力的关键。

在这里,企业民主包含两层意思:一层是企业的所有权和管理权应该由员工掌握,比如慧聪集团的全员持股,就是把企业的所有权交给员工;而提倡自主管理,点燃工作激情,就是把管理权交给员工。这是微观层面的企业民主。

企业民主的第二层意思与企业本身的自主权有关。由于中国是一个新兴市场,其纯粹的市场机制尚未完善,因此政府常常需要进行指导或干预。这些指导/干预虽然在稳定社会劳动力队伍方面有积极作用,但是对于企业的市场绩效却常常起到"帮倒忙"的作用。因此,政府减少行政干预就是让企业根据市场规律做主决策。这是宏观层面的企业民主。

那么,企业民主与其活力之间究竟具有什么样的关系呢?具体而言,员工有无创意除了员工本身的因素外,在很大程度上受到企业文化和领导风格的影响。如果领导专制,从不允许员工表达不同意见,或者领导虚伪,表里不一,那么要员工具备工作的热情并且创新就基本无望。相反,如果企业领导重视放权,善于营造自主氛围,或者领导说话算话,积极起模范带头作用,那么员工就可能拥有对工作的自主权,从而驰骋自己的想象力,萌生创意。

在宏观层面,企业绩效的高低在相当程度上受到国家政策和政府控制的影响。这不仅表现在政府插手中国本土上市公司企业人事和战略决策,对其绩效产生严重的负面影响,或者党委介入企业财务和其他决策对企业绩效产生严重的负面效应,而且表现在外资企业或合资企业在中国陷入政治关系网,在市场机制逐渐完善的过程中绩效日趋低下的结果之中。与此同时,我们也看到,越是专注于市场需求、顾客需求而做出战略和管理决策的企业,其市场绩效越好,青岛啤酒这些年的发展就是一个很好的案例。

衷心希望越来越多的中国企业得道民主,在世界市场这个经济大舞台上长袖善舞,取得立足之地。

2012年4月于美国西雅图
原载《中国管理新视野》2012年第2期

改制后的中国企业能走多远？

在中国过去三十多年的经济体制改革中，最重要的举措之一就是将计划经济改向市场经济。在这个过程中，一大批国有企业进行了改制——从完全国有变成了部分国有或全部私有。企业所有权的改变对企业的绩效产生了怎样的影响？而在具有相同所有权的企业中，不同的控股模式又对企业的绩效有怎样的作用？对这两个问题的回答可以为我们揭示未来中国企业的发展态势。

最近发表在《中国管理新视野》中的数篇文章都从不同的角度给出了答案。比如，对在上交所和深交所挂牌交易的一千多家中国公司的研究发现，所有权的变化对公司的业绩有相当显著的影响。这种影响表现在，国家所有权所占比例越高的公司，其营运利润越低，而且所有权集中度过高的公司，其净利润、现金营运利润、公司营运利润都低于所有权相对分散的公司。同时，不同的国有企业控股模式也会对公司的绩效产生影响。基于对三千多家制造型企业的调查结果表明，在资产收益率、劳动生产率、行政费用比率和隶属关系四项指标上，国有控股公司的绩效比分散控股和私人控股公司的表现都要差。由此可见，似乎国家插手干预越少的企业，在逐步完善的市场经济中生存发展得越好。

对此结论提供间接支持的是三位民营企业家：泰康人寿董事长陈东升、万通地产董事长冯仑和娃哈哈集团董事长宗庆后。他们的企业绩效之所以在过去二十年中不断提升的一个重要原因就是他们在经营企业上有相对国有企业较大的自主权。

然而有趣的是，在对土地银行系统这个对中国经济体制改革起了重要推动作用的公众机构的采用率的研究中，却发现了政府压力和政治地位的积极作用。这个研究表明，在中国这个经济自由化与政治民主化不同步、新自由主义经济与强大的威权国家共存的情况下，政治压力也可能推动公众机构的创新，并帮助经济的增长。而对南京汽车集团、联想集团和华为科技有限公司的深度案例研究发现，这三家公司虽然所有权不同，进行海外并购的目的不同，但都能取得成功的一个共同原因，就是国家政策的支持。

改制后的中国企业到底能走多远呢？让我们拭目以待。

2012 年 8 月 29 日于美国西雅图
原载于《中国管理新视野》2012 年第 3 期

成也关系　败也关系

在中国,关系常常被认为是整个经济社会生活中最重要的资源和润滑剂,运用关系去达到企业或个人的目的也因此被认为理所当然而且非常必要。许多企业的管理者和员工花费很多时间和资源去经营各种关系,比如与政府和政府官员的关系(政治关系),与商业战略伙伴和竞争对手的关系(商务关系),与上级主管领导的关系(权力关系),以及与同事或海外合作伙伴的关系(人际关系),等等。那么,这些关系的培养和经营到底给企业和个人带来怎样的结果呢?最近发表在《中国管理新视野》上的数篇文章使用不同来源的实证数据,却给出了惊人相似的答案。

答案一:企业的政治关系不能给企业的绩效带来任何正面的影响,但是却会对企业竞争战略的实现带来负面的作用。换言之,与政府关系越强的企业,实现自己的竞争战略越困难,原因在于在这种关系中企业常常处于弱势地位,为了帮助政府达到目的有时不得不接受一些苛刻的条件甚至牺牲自己的盈利。

答案二:企业管理者的权力关系在国有企业改制合并重构过程中起到了防止企业被出售或关闭的风险,同时对管理者未来的职业发展也起到了积极的作用。这是因为上级领导对自己关系亲近的下属尤其是党员亲信敢于采用"原则性保护主义"。

答案三:与美国人相比,中国人在与"内部人"进行商务谈判时特别在意维护人际关系,而在与"外人"谈判时更不在意人际关系。但是,由于过分在意与"内部人"的关系和睦,双方反而不能就谈判事项的细节进行深入的挖掘或争辩,不能使谈判达到双赢和最优化的结果。

答案四:企业与其战略伙伴和竞争对手建立的商务关系确实对企业的绩效和企业竞争战略的实现都起到了非常积极的效果,原因在于这种关系的性质更理性、平等、灵活,互惠的基础更强。而在华外企高管团队本地化之所以成功的主要原因也在于这些高管人员在与当地企业建立关系上更具优势。

答案五:人际关系的基础在于信任,其中情感信任尤为重要。拥有海外合作伙伴的中国公司的高管人员对华人合作伙伴的情感信任胜过非华人合作伙伴,显示出种族因素在信任建立中的重要作用。

由此可见,成也关系,败也关系;到我们该重新审视不同种类关系之利弊的时候了!

2012年12月于美国西雅图
原载于《中国理新视野》2013年第1期

不需艺术的管理方法

虽然有些学者强调管理是一门科学,也有学者认为管理是一门艺术,但大多数人的共识是,管理既是一门科学也是一门艺术。管理的科学性主要体现在组织架构和操作流程的设计优化上,也即硬件管理的部分;而管理的艺术性则主要体现在对组织中的人的影响激励上。人是组织中的软件,对人的管理是一门艺术。

对人的管理之所以是艺术,根源在于人的需求的复杂多样性,而这些需求之间又常常互相矛盾。比如过多强调了满足人的生存需求可能会伤害人的自尊心,而过多强调满足人的社交需求又可能抹杀了人的个性。因此如何恰到好处地提供能够同时满足人的多种需求的管理就是一门艺术,需要对人性的本质和此情此景下个体的深层需求有深刻的理解才能成功。而成功的标志又必须是被影响和激励的人自觉自愿地去实践领导者希望或期待他们去做的事,丝毫不露出"被管理"的痕迹。

有趣的是,这些年来我越来越多地发现有相当的领导在实际工作中采取的对人的激励/管理的方法,基本上忽略了艺术的部分。并且他们认为最简单、见效最快的方法有两种:一种是用钱(有钱能使鬼推磨,重赏之下必有勇夫),另一种是用权(官大半级压死人,棍棒底下出孝子)。

用钱激励/管理。有些管理者认为,企业和员工的关系基本上是一个经济交换关系,员工为企业付出自己的时间、努力、智力,完成企业的目标,企业支付给员工相应的报酬。报酬越高,员工愿意贡献的时间和努力就越多。而在所有报酬中,金钱是最看得见摸得着最量化的指标,因此可以成为激励人努力工作的最行之有效的方法。但有意思的是,有时在金钱的数量和努力程度之间并非存在线性关系,更不存在一一对应的关系。

我有一位朋友在一家设计公司当总裁,最近发现一个副总似乎工作热情不高,而这个副总在过去几年里一直冲锋在前,为公司的发展贡献了巨大的力量。朋友几次旁敲侧击地问他原因,都得不到正面回答。朋友想来想去,觉得副总可能是对自己的收入不满意,但又不好意思说,所以工作的干劲不足。因此他决定给副总加薪10%。令他不解的是,加薪之后副总的情绪并未好转,而且朋友感觉到似乎副总离他的心理距离更远了。百思不得其解的朋友有一天和我聊起这件事,我们一起对此进行了分析,得出了一个令朋友诧异但又合理的结论。那就是,在朋友的眼里,金钱是激励的利器;别人工作劲头不足,用钱可以鼓劲。但是,在副总的眼里,老总越是用钱奖励他,越让他感觉到老总以为自己是为了钱才努力工作的,而不是为了这份工作的意义或者为了和老总共享一份对公司的理想,与老总志同道合才拼命工作的。所以当老总又给他加薪10%的时候,他更加觉得老总不理解自己。在他那儿,非金钱的认可、表彰或者被老总视为知己才可能对他更有激励作用。这样点明之后,朋友就和副总约了吃晚饭,并且进行了长谈,谈他们当初创办这个公司的目标,谈他们共同对这个公司未来发展的设想,等等。后来我又碰到朋友时,他说这次晚饭后,副总的精神面貌大为改观,判若两人。可见金钱的激励作用是有"尽头"的,而理想和精神的激励作用可能更有力量和持久性。

现在如果我们把事情想象成另一个极端,就是完全不用金钱激励会是怎样一种局面。当然,这在现实生活中不可能,因为支付别人的劳动是雇佣关系最基本的原则。近来越来越多的管理研究发现,如果按劳付酬的水平不低于行业平均水平的话,金钱本身就不再成为激励员工进一步努力工作、为公司献身的重要因素。相反,那些软性因素,也就是我们常说的艺术部分,反而会起到更重要的作用。这些因素主要包括:工作本身的意义,尤其是对社会对人类的意义(得到认可表彰);工作对自己个人提升和发展的价值(自我实现);工作对自己身心愉悦程度和个人身份认知的重要作用(内在激情)。如果管理者能在这些因素上使员工产生共鸣的话,就能够期望看到每天充满工作热情的员工。

用权管理。相信用权就可以让别人听自己的话或者做别人本来不愿做的事的管理者在权力距离比较高的社会中是相对比较普遍的。权力通常来源于一个人在组织结构中的位置,位置越高,权力越大。而与位置紧密相连的就是手中掌握的资源和奖惩的权力。员工因为需要依赖管理者获得自己想要的资源(如重要信息、知识、资金、机会),常常不得不屈从于领导。因此,用权管理有时类似于高压管理,在权力之下、高压之下,员工服从认命,完成任务。但遗憾的是,威权管理产生的负面效果,尤其是在员工内心造成的阴影和伤害,恐怕不是管理者愿意想象或承认的。

我的另一位朋友是一家房地产公司的老板,从白手起家到今天已经在中国房地产界名列前茅。他本人艰苦朴素、勤恳工作,也善待员工,因此十几年来手下的人没有一个离开公司另谋高就的。但是他说在他认识的民企老板中,大部分都是脾气很大的那种,一看员工不顺眼就破口大骂,完全没有顾忌,好像员工就是他的出气筒一样,其中一个原因就是他们自以为掌握着对于员工的"生杀大权"。这让我想起富士康的管理特点,基本上如出一辙。首先,管理者把员工和公司的关系看成经济交换关系,你出活,我付钱,平等公平,因此,在他们眼里,员工只是干活的机器,尊严、理想、感情认可都不在考虑范围内。此外,管理者的职责就是监督、批评、指正,并且用手中的"胡萝卜"和"大棒"来更有效地履行这个职责。这样的管理结果是表面上员工都很顺从,同时心里也都害怕,对管理者有恐惧感,因此会认真地完成本职工作。但与此同时,其内心体验的无助和恐惧积淀下来,不仅不会转化成对公司的忠诚和热爱,反而可能增加仇恨,并且在完全无法释放情绪的情况下感到生命的无望,产生轻生的念头。

在我看来,只强调用钱用权管理/激励员工是不需要艺术的管理,但是这样的管理不仅成本高,而且效果短暂,对被管理/激励者的心理健康会产生负面影响,从而削弱他们长久持续的工作动机。在这个意义上,强调管理的艺术一面也许能起到事半功倍的效果,而这一面才能真正显示一个人的领导力。

2013 年 3 月于美国西雅图

管理的难题（Ⅰ）

在管理者的工作中，最令人头疼的莫过于人的管理了；而在管理人的工作中，最难的一项可能就是解聘员工了。在电影《在云端》(*Up in the Air*)中对此有生动形象的展示，那就是为了避免直接面对将要失去工作的员工，许多公司的管理者选择用中介机构（如咨询公司）来帮助他们完成这个过程。我个人以为，如果公司允许解雇员工，并且员工在自己表现欠佳即将被炒鱿鱼的情况下也不得不走的话，这还不算太难的情况，因为毕竟结果是肯定的，那就是不管怎样，这个表现不好的员工会最终离开公司。

所以我这里要讨论的问题难度更大。很多人都知道美国大学的Tenure制度，也就是说一个教授一旦被Tenure，就变成终身教授，意思就是这个教授从此不可以被炒（除非犯了严重的违法行为），也不可以被劝退休，因为在美国的大学没有强制退休年龄（除非他自己提出来）。与此类似的是，大学的工作人员也享有同样的权利，如果是工会会员更受到工会的进一步保护。在一般情况下，能够得到Tenure的教授都是研究、教学出色的学者，即使得到了"金饭碗"，也会继续自觉地努力工作，不断创造新的绩效。但是，总免不了有一小部分的教授，从此得过且过，不做研究，教学也马马虎虎，不把学生当回事。同样,在工作人员中,也有一些人喜欢使用自己职位上的小小权力摆摆架子,不尽心为大家服务。遇到这样的人怎么处理就成为管理的难题。从我自己做系主任的体验来看,这是最令我伤脑筋的事了,尤其是在我没有给别人加减工资的权力和自由,也无法使用任何威胁手段的情况之下。

我们系里有两个秘书A和B,都已经在系里工作十年以上,并且都是学校的工会会员,A还曾担任学院的工会代表。B在各方面都非常出色,受到全系教授和研究生的一致称赞,我也十分满意,觉得是梦寐以求的理想秘书。但是A就没有那么理想了。A的主要职责有几项:行政预算和工资;与教学有关的事项,如安排教学的时间和教室等;安排系里的重要活动(如Brownbag Seminar,各种Party,外来访问的学者等);与学院的其他部门(如本科生办公室、MBA办公室)协作协调,加强学生在学院的学习体验。我一开始注意到A的问题,是自己还没有当系主任的时候。那时就有好几个同事告诉我,他们的工资单经常出错,让我也要仔细检查。我原来一直没想过这个问题,在同事的提醒下仔细检查后确实发现了错误。这让我心里比较紧张。后来我当了系主任,有更多的同事向我反映类似的问题,同时还有教授向我反映其他的问题,比如春季要开的课到了开学两个星期前还没有在学生注册的网站上出现,结果课程只能被取消;或者上课的教室因为A行动太晚,结果只能被派到离我们学院步行需要十分钟的大楼去上课,而且教室的容量不是太小就是太大(大礼堂),大大影响了学生和老师的课堂体验。除此之外,学院其他办公室的工作人员也经常向我反映A不好好与他们配合工作,或者是对他们要做的事情缺乏理解,不能顺利有效完成的情况。这些反映越来越多之后,我越来越感到自己有责任去处理这个问题。

为了不太唐突,我先咨询了我的几位前任,向他们讨教经验。没想到这几位前任都有过类似经历,也对A相当不满,但是考虑到处理的难度,都决定"无为",把问题留给下一位系主任去应对。他们的答案和坦率都让我吃惊,而现在我就是这"下一位"系主任了!为了把事情的程序做对,我又去找了学院的 HR 咨询。HR 说所有口头的抱怨都无济于事,一切都必须有书面的材料存档,而且必须累积若干年后才能过渡到采取措施的阶段。我考虑再三,决定有所作为。

学院每两年要求系主任对秘书进行一次绩效考核,那一年正好要做,所以在这份书面的正式考核表上,我可以如实将 A 的工作表现反映出来。考虑到 A 过去两年中出现的工作"事故",我在考核表上给她打了"4"分(5 分最高),并且说明了理由。填好这份考核表后,我先给 HR 过目,没有问题之后,我就发给了 A 请她过目,并要求她指出有任何可以进一步商榷的地方,我们可以坐下来面谈,最后再确定绩效考核的结果。

让我完全出乎意料的是,第二天一早我收到 A 的邮件,她用斩钉截铁的口气说,"你给我的评价太差了,我不会和你面谈,我要叫大学的工会代表一起来和你面谈"。我一看觉得有点傻眼,不知道是什么地方出了差错,况且我和 A 平时的人际交往还是相当愉悦的,怎么她一下子就反目了呢?我决定暂时不回复她的邮件,先咨询一下 HR 再说。

HR 的反应和我相似,于是就向学校的工会咨询。把问题阐述清楚之后,工会发表了他们的意见,并且明确告诉我们在目前的情况之下,学校工会是绝对不会派代表和 A 一起来与我面谈的。首先,因为考核的分数"4"属于良好范畴;其次,我们并没有因此对 A 采取任何处罚措施。这样一谈我心里就有数了,彻底决定不回复 A 的邮件,对她企图给我的"威胁"置之不理。

一个星期之后,我又收到了 A 的一封邮件(其实在这期间我们已经见过几次面讨论工作)。更加出乎我的意料,A 在这封邮件中主动承认了自己工作中的错误,并且指出我对她的评价是公正的。她又说,她当时之所以情绪反应那么强烈,是因为在我之前的系主任从来没有给过她低于5分的评价。现在她认识到自己的错误,今后一定更加努力工作,减少差错。我立刻回复表示感谢,并约她一起讨论改进措施。

可是事情并没有因此改变。改变明显的是A的工作态度,对于别人指出她的问题也更容易接受了,但是,她在工作中的差错并没有减少。我因此判断A的差错主要与她的能力相关,属于"心有余而力不足",加上年龄增大,工作的难度又在增加(很多新的电脑系统她都不熟悉),所以学习能力减弱,工作效率降低,错误率只升不减,再努力也无济于事。可是困难的是,我们不能开除她,因为她过往的绩效评估都相当不错;也不能劝她退休,因为学校没有强制退休的年龄要求。怎么办呢?

几个月之后,来向我反映A的问题的教授越来越多,但是口说无凭,我很难把这些抱怨向A传达;另外,我也要为抱怨者保密,否则A知道后也许会对他们有所怨恨,造成整个系的紧张局面。我也想过让这些抱怨者用匿名的方式准备书面投诉以增加证据,但是又觉得这样做有"故意搞人"的嫌疑,对A也不公平,因为毕竟不是每个人都对A不满。我左思右想,从公平公正的角度,从系里长远发展的角度,从学院各部门之间配合的角度和顺利运作的角度……有一天半夜突然醒来,想到了一个好办法。

第二天一早,我就设计了一份绩效评价问卷,针对秘书的所有职责,把最重要的工作指标进行了界定,并确定了打分的标准。然后我给全系的教授和讲师,以及和我们系有关联的学院各个部门的负责人发了一封邮件,请所有的人给我们系的两位秘书A和B打分,并且举例说明如此打分的理由。我说,两位秘书是为全系老师服务的,我平时和他们的交往有限,因此由我一个人对他们的工作表现进行评价有失公允,希望大家提供更全面的信息以便我做出更准确的判断。与此同时,我也请A和B就同样的项目进行自评,以便我发现他们的自我认知与别人感受之间的差别,可以更有效地进行反馈并提出改进建议。

过了将近两个星期,所有的反馈都收上来了。我把所有的数据一一输进 Excel,计算出 A 和 B 在不同项目上的平均得分;我也把所有的评语和事例放在一起,去除撰写者的名字,形成一个 Word 文件。从反馈上明显看出,B 受到了大家的一致称赞,每个人几乎无一例外都给 B 打了 5 分,并且列举了很多事例和大量的赞语。而对 A,除了有两三个给她打 5 分外,其他人的打分在 1 分到 4 分不等。更加令我感慨的是,许多人都用了大量的篇幅描述具体事件以总结 A 在工作中出现的问题,不仅是能力不足造成的,也有的是因为态度问题造成的。看了这些评语,我开始填写自己对 A 和 B 的绩效考核表。这一次对 A,在大多数的条目上我只能打"2"分。

与此同时,我也收到了 A 和 B 的自评表格。出乎我意料的是,B 对自己的评价相当谦逊,在许多条目上给自己打了"4"分;相反,A 对自己的评价让我大跌眼镜,她对自己所有项目的评分统统都是"5"!

自己和别人的认知竟然可以相距如此之远,叫我几乎哭笑不得。考虑到上一次的情形,我可以想象 A 在收到我的这份评价时会有如何激烈的情绪反应。于是,我决定在把我的评价给 A 过目之前,先找她面谈一下,向他反馈其他老师和工作人员的具体评语,心里有所准备之后,再把我对她的绩效考核拿出来。

那天面谈之前,我先把所有要给予反馈的资料都打印了两份。我告诉 A 这一次做考核之前,我先征求了所有老师和相关部门工作人员的意见,因此这个反馈是综合性的,并非来自我一个人。我先把几个对她评价特别正面的老师的评语向她转述了一下,她显然很高兴。然后我说,下面的有些意见比较尖锐,你先听着,不同意的地方可以向我说明。她有点紧张。我于是一条一条慢慢地念出来,一开始,她试图进行辩解,我就给她时间耐心听她说;后来每念一条,她的脸色就越来越凝重,也不再辩解了。我说,"这样吧,我把这些意见都打印出来了,你可以带一份回家仔细看,看了之后有什么想法,我们下一次开会继续讨论"。同时,我把我的考核表也拿出来给她看,并说明打"2"分的原因。然后我说,"我也看了你的自评,现在综合了这些信息之后,如果你愿意修改自己的评价,也可以拿回去重新填写"。A 拿了这些资料,一声不响地离开了我的办公室。

过了一个星期,A 要求我再和她进行一次面谈,我同意了。这一次,她准备得很充分,就每一条意见都做了注释,并且主动提出了改进措施,而且还要我以后不断提醒她,让她尽量少犯错误。我对她的态度感到满意,但心里的嘀咕是担心她的胜任力不够。没想到 A 接着说了一句大大超出我想象的话。她说,"晓萍,我思考再三,决定在今年年底退休"。

这是一个多么重大的决定,把我们面临的所有难题都解决了!仔细分析这件事情在过去 10 年中的发展过程,我感悟到处理类似管理难题的几个要点:

首先,管理者要敢于直面难题,要有勇气知难而上,这对整个团队和组织的顺利运作及文化氛围都会有积极的作用。

其次,管理者要摆正自己的位置,用中性、理性的眼光判断全局,不把自己的情绪色彩带进去,并且用公平公正的程序去处理难题。

再次,在给予负面反馈的时候,管理者一定要站在帮助他人改进工作绩效的角度去进行表述和解读,因为我们这样做的目的是希望当事人把工作做好,只要工作做好了,我们对所有的人都一视同仁。

最后,其实在每一个人的内心深处,都对自己的工作和能力有一种骄傲感;很多时候是这种职业自尊和骄傲在鼓舞着一个人不断进步,而这种自尊和骄傲的来源常常来自同事和领导的赏识。当同事和领导不赏识的时候，工作的劲头就会大大削弱。A 就是因为从同事的评语中感觉不到了这种赏识，才真正动了退休的念头。而以前虽然年龄也大，却一直有一种错觉以为别人对自己的工作很欣赏。

这是为什么在我们不能用任何"硬"工具的时候，软性因素可以帮助我们达到有效管理目的的原因。而且在这种情况下，A 走得心甘情愿，不会留下任何后患。

2013 年 3 月于美国西雅图

管理的难题（Ⅱ）

除了解聘员工之外，另一个令管理者煞费脑筋的难题可能要算管理下属之间的人际冲突了。我自己的性格比较随和，与上下左右的同事相处长期以来都很愉快，所以几乎没有经历过人际冲突。从我对本系同事的观察来看，大部分也属性格相当随和之人，而且多为谦谦君子，彼此之间和睦相处。只有两位，一到开会讨论重要决策的时候，经常会针尖对麦芒，你一言我一语互不相让，常常弄到年轻的那位眼泪夺眶而出为止。

后来我发现，这两位中年长的那位教授还与其他的教授经常口角，而且自恃年长，出言不逊，冒犯他人，有时甚至有"故意"的倾向。其次，该教授还特别喜欢挑战"权威"，经常抱怨学院的规章和制度，并认为自己受到了不公正的待遇。有一次竟然书面起诉告到了学校，让学校不得不找来独立的咨询机构到学院来做全面深入的调查，一个多月的调查结束后，才发现没有任何可疑的地方。那时我还没有担任系主任的职务，所以最多也就是旁观和思考；同时我也发现当时的系主任和学院领导都没有采取任何措施，基本上听之任之，以回避为主。

这位教授对系和学院的影响让我想起中国的一句古话，"一颗老鼠屎坏了一锅粥"。自从我当上系主任后,这位教授就成了我要面对的问题。幸运的是,那位经常与之在公开场合发生冲突的年轻教授此时已经离开了本系,所以我不再需要处理他们二人之间的矛盾了,但是,对于该教授其他方面的行为,我觉得自己还是应该有所作为。

每年秋季我们做全年的绩效评估,这位教授在各方面都表现不佳。我就趁给他绩效反馈进行面谈之时,了解他的深层原因。在他自己倾诉的过程中,我了解到几个重要信息:(1)他对自己这些年来在科研和教学上的退步有自知,但同时又把自己曾有的辉煌看得很重;(2)近年来身体健康状况下降,需要每日服药,而有些药有副作用,有时不能自控;(3)在过去十几年中因为绩效不佳,工资一直没有上涨,经济上的状况不尽如人意。这些因素加起来,他越发看重别人对自己的态度和看法,每当别人让他感到对自己有一点不敬时,他就特别敏感,以致产生公开冲突。分析下来,他最主要的问题有关自尊和被他人尊重。因此,我在和他相处和交谈的过程中,尤其是给予负面反馈的时候,都尽量给予他充分阐述和说明的机会,并总是从他的角度去提出可能的解决方法,并在可能的范围内尽量为他争取利益,让他感到对他的待遇是公正的。渐渐地,他不再在公开场合专门挑衅,而且有时很自觉地不主动出席会议,避免自己忍不住又和别人发生冲突。

可是,一头刚刚理顺,另一边又开始出问题。这一次发生在我系的两位秘书之间。这两位秘书一位年长(A)一位年轻(B),B 是 A 招进来的,彼此性格投缘,工作合拍,两人不多久就成为好友,情同手足,亲如姐妹,十多年下来,配合默契。为此我一直感到很欣慰。令我大出意料的是,去年春天,B 说有重要的事要找我反映,并要求在我办公室见面。因为我平时经常去她的办公室找她,她提出这样的要求听起来有点反常。第二天我们见面后,她表情沉重地告诉我,A 已经有五个月没有理睬她了,每次她有什么事情要请

A指点，A都对她很冷漠，弄得她在很多情况下只能去向别的系的资深秘书去请教，对工作造成了很大的不方便。更令人难过的是，她觉得现在的工作场所令她窒息，自己的顶头上司居然对自己置之不理，这种日子实在太难挨了，而且她还不知道自己什么地方得罪了A。同时她又不能向任何人倾诉，面对系里的老师和学生，还得假装她和A的关系如同寻常。现在几个月下来，她实在觉得无法忍受了，所以必须向我反映，否则她就要崩溃了。B是受到我们全系师生热爱的秘书，她平时对每个人的要求都是有求必应，而且总是以最快的速度最高的质量完成每一件工作，从来不出一点差错。她一直是我心目中最理想的秘书。相反，A虽然是B的上司，在工作能力和态度方面均不如B。B所陈述的情况令我震惊，我虽然在前段时间隐隐约约有所察觉，但完全没有预料到她们的关系已经到达如此恶劣的地步。我们系总共就两个秘书，要服务五十多个老师和博士生，任务琐碎繁重，需要密切配合。她们之间有内耗产生矛盾的话，对全系的工作运转都会带来很严重的影响。看来，无论我多么不愿意介入别人的人际关系，我也必须面对这个严峻的局面，想办法解决她们的冲突。

这项工作对我这个从小看到别人吵架就恨不得逃得远远的人来说，确实具有相当的挑战性。我左思右想，觉得只有找到问题的症结，也就是了解清楚她们俩从"亲人"变成"仇人"的过程，才有可能发现造成目前状况的根本原因。而对过程的了解则必须仔细倾听双方的陈述，然后寻找任何有可能形成共同利益的因素，以消除彼此的隔阂。

于是，我分别约了A和B与我单独面谈，让她们把各自的故事倾吐出来，也把自己的怨气和不满一并发泄出来。在倾听她们故事的时候，我慢慢理清了整个事件的来龙去脉。简单来说，就是有一次B发现A所处理的一件工作中存在问题，很着急，就直接跑到A的办公室用比较情绪化的方式向

A 指了出来；A 认为 B 挑战了自己的权威，并且觉得 B 的说话方式对她十分不敬，因此非常生气，就让 B 离开自己的办公室。B 看见 A 不接受自己向她指出的错误，也很生气，就头也不回地走出了 A 的办公室。打那之后，两个好朋友反目成仇，再也不去彼此的办公室（虽然就在隔壁），也不再说话聊天，任何事情只用电子邮件沟通。A 的反思是，作为上司，她不该和 B 走得太近，变成生活中的朋友，结果处理问题就不够职业，因为加进了情绪色彩。B 的反思是，她容不得别人工作中出错，而她自己的完美也可能使 A 比较难堪，因为有反衬的作用。但是，A 和 B 一致的地方是，她们二人都非常热爱我们这个系，都希望把系里的师生服务好。

分别谈话之后，我决定把她们两个一起找来谈话，开诚布公地把自己心里的想法向对方陈述，然后彼此补充并给反馈。我要求她们从彼此最欣赏对方的那一点开始，回忆二人在过去十多年中合作的情景，然后再回忆那件起了导火索作用的事件，检讨自己当时没有及时灭火导致冲突不断升级的原因。最后回到共同目标这一点上，讨论如何在今后的工作中保持良好的工作关系（而不是朋友关系），建立常规的沟通机制，比如每星期一早上开一个例会把一周的工作重点梳理一下，等等。两个人的情绪渐渐平息下来，对彼此的态度也渐渐转变过来。我说如果你们还觉得不习惯的话，我可以参加你们的例会，直到你们感觉完全自然舒服为止。

对于这件事的整个发生和处理过程，我至今没有与系里的任何老师和学生分享过，因为我要为她们的关系保密，我也不希望其他师生对秘书之间的关系多加关注而使工作受到任何的分心，更不希望因此小道消息横飞，对所有的人都无益。现在，A 和 B 已经完全恢复了正常的工作关系，我经常看见她们在彼此的办公室交谈，有时还笑声不断，心中十分欣慰。

有效处理人际冲突要求管理者投入较多的时间和精力去分析思考关键

问题所在,也要求管理者能够对人的心理和情绪有较深的理解及把握,更要求管理者有耐心倾听不做价值判断的能力。与此同时,这一切必须在绝对保密的情况下进行才会达到最佳效果,管理者心中要有足够的存贮空间装下别人的秘密。

冲突管理的最高境界可能就是好像一切都不曾发生过。

2013 年 4 月于美国西雅图

自由的员工和有创意的公司之间有什么关系？

每个人都向往自由自在的生活，无拘无束，天马行空，任由自己的思想和心灵随时起飞。但是俗话说，"家有家规，国有国法"，这对一个公司的有效运作是否也同样适用呢？

很难想象一家年产值超过260亿美元，市值几近2 330亿美元，拥有数万名员工的公司可以没有规章制度而存在。公司运作的规章制度包括许多方面，如宏观层面的公司治理规则、部门之间协作关系的界定、岗位和编制的计划确定，任务的分解/分配流程、人员招聘程序、培训项目的安排、绩效考核的指标程序，等等。我在这里特别要说的规章制度是对员工思想和行为的管理制度，比如上下班时间、对发型和着装的要求、对上级说话的姿态、上班思想是否开小差，等等。如果一个公司呈现这样的景象：张三清晨五点趿拉着拖鞋披头散发就来上班了，而李四要在十点左右才从健身房精神抖擞地直奔办公室，那怎么还谈得上员工管理？习惯了在比较传统公司(零售业如沃尔玛，华尔街的银行如摩根士丹利，制造业如波音、通用汽车)工作的人力资源管理者一定无法想象这样的公司，如果都是这样，那整个公司还不乱套了？

但是，在越来越多的以创新为主要竞争优势的非传统公司（以创造新知识、新产品、新服务为目标）中，对员工思想和行为的管理似乎存在着越来越宽松的倾向。很久以前，我就听说谷歌要求公司的员工把20%的上班时间花在与当前工作任务没有关系的项目上，这些项目必须是员工自己喜欢、热爱、沉醉的，在上班时间捣鼓非但不认为是侵占了公司资源，反而受到鼓励，真有点天方夜谭的感觉。前些天我正好和谷歌西雅图办公室的人力资源总监在一起开会，就顺便问她此事的究竟。她首先证实这个"20%"不是传说，而且从他们这些年的实践来看，谷歌许多新产品、新项目的发明多少与这项政策有关。我问她为什么这20%的时间不仅没有浪费公司资源，反而成为创新的来源地。她说可能是因为在完全没有资源束缚、思想完全自由的状态下，员工就更可能产生灵感的缘故吧！因为灵感或者创意这个东西和别的东西都不一样，不是你越努力就越能产生的，也不是外在压力越大就越能压出来的，很多时候其实恰恰相反。

她接着说，她以前也在别的大公司当过人力资源总监，体验完全不同。刚到谷歌的时候，也曾经非常地不习惯，一看到员工的行为举止稍微古怪一点，就忍不住想"指正"一下。但奇怪的是，她在公司的规章制度中却找不到一条管理员工思想和行为的规则！他们真的是可以想干什么就干什么（只要不违法）！现在她也见怪不怪了，不管那个员工是把头发染成一半金色一半紫色，还是穿着睡衣睡裤光着脚来办公室，她都可以做到眼皮都不眨一下了。

让员工体会到完全的身心自由，这是一种怎样的管理境界？在这样的环境中工作，人们关注的不是你的外表、头衔、地位，或者你的性格、说话方式，更重视的是你的思想的新意和质量、你的思维的缜密和逻辑，或者解决问题能否另辟蹊径。在这里,一切束缚、一切与实质无关的表面文章统统不再重要。在这样的环境中工作,人们全身心地投入,才会不断萌生创意,才会才华横溢。

去看一下谷歌正在研发的即将改变未来人们生活方式的产品,如 Google Glass、Google Talk,或者 Google Art Project,就能够看见自由对于创新的绝对意义。

因此,中国如果要成为创新大国,要"生产"2000 个乔布斯的话,唯一的灵丹妙药可能就是"放权放手",就是给所有的人思想和身心完全的自由。

2012 年 12 月于美国西雅图

我的晋升我做主

在组织中工作的个体,最期望从组织中得到的东西大概有几样:经济报酬、职业发展、成长机会、他人认可。近年来的研究表明,对于年轻员工来说,主动离职的决定因素常常不是薪酬,而是个人的职业发展机会。

在多数公司里,职业发展,尤其是晋升机会多为稀有资源,并由领导掌控。晋升不外乎两大途径:一类为技术途径,就是在自己从事的专业领域中不断提升,成为专业中的强手,升至总工程师、资深会计师等;另一类就是管理途径,在管理的领域不断扩大自己的职责范畴,在理想的情况下成为总监或公司的总裁。从数量上来说,技术职称的位置相对要多一些,不是独木桥的模式。但是,管理职称的位置就不是如此了,具有相当的有限性。而且管理人员的提拔需要考虑的指标更加多元,主观成分也更多,更倚赖于上一级领导的评价和推荐。在这种情况下,员工除了尽量努力工作取得优良绩效之外,一般只能等待领导慧眼识珠,发现自己并且委以重任。

很显然,在这种模式中,员工对自己的晋升没有什么说话权,基本处在被动地位。但有意思的是,在美国的大学里,教授晋升的程序基本上是反过来的。首先,每一个还没有 Tenure 的教授(称为助理教授)都知道自己应该在什么时候提出晋升,这里的一般年限要求是五年,五年到了,自己就需要总结五年来自己在教学、科研和服务方面取得的成就,用书面的形式,有理有据地推荐自己得到晋升。如果有的助理教授工作特别努力绩效特别优秀,还可以提前提出晋升的要求(破格提升)。其次,教授晋升没有名额限制,任何人只要符合标准(标准相当明确具体),都可以得到晋升。最后,在这个过程中不需要领导(比如系主任或者其他资深教授)的推荐,每个人主动承担自己晋升的责任。当然,在提出晋升之后,学校会设立一个专门的委员会(一般五人左右)讨论每个人的申请,并提出该助理教授是否符合晋升条件的建议。

在这个模式中,教授是自己晋升命运的掌握者,扮演的是一个主动的角色。现在,如果我们把学校比作公司,把助理教授比作普通员工,能否将这个模式搬到公司中去使用,让员工也掌握自己晋升或职业发展的主动权呢?此外,掌握了主动权的员工是否会更努力工作,更对自己的工作充满热情呢?

对我第一个问题的回答是肯定的,因为有公司已经在这样做了,谷歌就是这样一个例子。在谷歌工作的员工,每隔数月,当发现公司内部有更高位置空缺的时候,都可以准备好毛遂自荐的材料提出晋升的要求,不需要领导的批准和暗示。这是公司激励员工的重要手段,鼓励大家自己准备:管理自己的事业(Self-ready: Managing own career)。对于不同性质的岗位,公司都成立临时的审批委员会审阅所有提交上来的与该岗位有关的晋升申请材料,经过认真反复的讨论之后决定人选。这些审批委员会的成员来自公司不同的部门,大部分不是部门的主管,也不是有关领域的专家,但必须比被评审的员工在技术或管理级别上高出两级,并且必须与被评审的员工素不相识。通过评审的员工得到顺利晋升,而没有通过的也不是从此就没有希望,相反,以后还可以不断地寻找新的机会提出晋升的要求。这种给予员工充分的自主权,让员工掌握自己事业的走向和命运的方法在谷歌取得了相当显著的效果,大家不仅工作努力、热情饱满,而且一直创意不断,新点子和方法层出不穷。

因此,谷歌的例子对我第二个问题的回答也是肯定的。从我自己在中国企业所做的研究结果来看,也发现了类似的结论。那就是,给员工自主权越多的企业和团队,员工对自己工作的热爱程度越高,越有工作激情,在工作中的创造力也越强。因为可以为自己的工作和事业做主的员工,才会对自己的工作和组织产生高度的认同感,才会孜孜不倦地把自己的身心投入到工作中去,才会真正体会工作的乐趣和意义。

颠覆管理的含义,让放权、自主成为未来组织管理的基本范式,也许就会增加更多快乐工作的员工,也会增加更多创意无限的公司。

2013 年 3 月于美国西雅图

千万不要消灭竞争对手

今年是电影大年,我最喜欢的有三部,那就是《林肯》、《悲惨世界》和《少年派的奇幻漂流》。《林肯》所表现的领导力、《悲惨世界》所表现的灵魂自救,都有震撼人心的深度和厚度。《少年派的奇幻漂流》从表面上看多为叙事,并伴以美轮美奂超出常人想象的意境,其涉及的主题却关系到人类最重要的生死问题。生和死常常不由人的意志转移,但是当你面对对你的生命造成威胁的对手时,如何把握与他的关系却会决定你最后的生死。

就像少年派和老虎 Richard Parker 在海上对立生存的环境;老虎可以吃掉派,因此对派有威胁力;老虎又要和派分享/争抢食物,也对派不利,但同时,派有足够的机智可以杀死老虎,让自己摆脱生命的危险。我一直想,在这种情况下,大部分人会把老虎看成自己的对手甚至敌人,歼灭之而后快。但是派虽为少年,却对老虎的存在对自己生存的意义有相当不同的认识:老虎的存在能使自己充满警惕和斗志,能使自己有寻找食物的动力,能使自己坚持活下去。老虎虽然是对手,却同时又是伙伴。在渺无人烟的茫茫大海上,本来很容易失去生活的意志,而正是老虎与派之间存在的这种复杂的张力,才让派在海上孤独飘荡数月之后还能够活下来。

其实现实生活中又何尝不存在这样的情景。在任何一个职业和工作领域，每个人都有其合作伙伴和竞争对手，许多时候合作伙伴就是竞争对手，因此处理好竞合关系就变得十分重要。一味看到合作的一面而放松了另一面应有的警惕，个人可能面临被取代和淘汰的危险；过分看重竞争的一面而忽视合作，有可能达不到团队最优的结果，而且还可能出现两败俱伤的局面。处理好竞合关系就是把竞争对手看成激励自己不断进步的动力，而不是阻碍自己职业发展的"敌人"，那样不仅对个人的提升有益，也有助于整个社会的进步。在电脑领域著名的对手要算比尔·盖茨和史蒂夫·乔布斯了。他们年龄相仿，感兴趣的领域相似，但是性格特点和技术特长迥然不同，两人在同一领域对手二十多年，一直针锋相对，你称雄一时，我称霸一方，而正是这种不屈不挠的"对立"，激发了彼此的斗志和不断创新，他们用不同的产品、方法、技术对电脑科技的发展都做出了卓越的贡献，并且改变了人类的生活和工作方式。

再从更高一个层次来看，公司和公司之间的竞争同样激烈。长期以来最著名的公司之间的竞争对手大概要算可口可乐和百事可乐了。可口可乐的秘方在1886年研制出来，百事可乐在七年之后紧随其后。可口可乐长期以来不把百事可乐放在眼里，甚至不屑于提起它的名字，总是用"模仿者"、"敌人"或者"竞争对手"来称呼它。几十年之后，百事可乐开始打起价格战，用同样的价钱销售多出一倍的饮料，终于在1979年超过可口可乐的销量。不过好景不长，1996年可口可乐重新赢得霸主地位，从此巩固下来。百事可乐只能转向做其他类型的饮料，不再直接与可口可乐对抗。可口可乐与百事可乐之间的对立关系对整个社会造成的影响不可谓不严重：在美国餐馆一般有两大阵营——只用可口可乐公司产品的和只用百事可乐公司产品的，航空公司、体育馆也一样。更严重的是这种对立关系还"分裂"了一些人群,比如总统、演员、运动员、企业家、法官,等等,忠于可口可乐的人瞧不上忠于百事可乐的人,反之亦然。由两大公司对立衍生出来的其他行业和人的对立在某种意义上可谓奇观。

但是,这两家公司之间的对立并未引出太多的产品创新,他们紧盯对手的价格、销售渠道和方式,你出一招,我挡一招,基本上有将对方看成"死敌"的倾向,所以把精力过多放在出招过招上,而忽略了新产品的研发。很显然,新型饮料,比如纯天然高档果汁和"能量"饮料这些年异军突起占领了饮料市场的很大份额,却都不是出自可口可乐或者百事可乐之手。由此可见,把对手看成"敌人"紧追不放时,有可能迷失在一条窄巷之中,而看不见市场的大局,结果是两败俱伤(当然,把价格降下来了对消费者是好事)。

其他处在对立位置上,把对手看成"敌人"的公司还有许多,比如福特汽车和通用汽车,二者相对的结果是让丰田汽车钻了空子,变成在全美销量第一的汽车公司。再比如波音和空中巴士之间的对立、耐克和锐步、阿迪达斯和彪马、麦当劳和汉堡王、谷歌和 Facebook、宝马和奔驰,都是对手公司的典型,如何把对方看成鞭策自己进步、不断创新的动力,恐怕是赢得竞争的秘密。如果只把对方看成敌人,一心想办法把它打死的话,反而可能断送了自己的前途。

这一点在少年派的心里可以如此清晰明了,是最让我震撼的地方。

2013 年 4 月于美国西雅图

夹心饼干的滋味

本文中的夹心饼干是一个比喻，用来形容那些处在中层的管理者，上有领导，下有群众，自己必须在两者之间游弋，同时满足上下的愿望。仔细想来，每一个管理者可能都是夹心饼干，因为部门经理的上面有总经理，总经理的上面有董事会，董事长上面还有行业协会或部委。系主任上面有院长，院长上面有校长，校长上面还有学校董事会，公立学校上面还有州立法会，等等。因此，讨论如何做好这个夹心饼干的角色可能具有普遍的意义。

我们学院的院长管理比较开明，也给系主任极大的自主权，所以相当长一段时间以来，我按照自己遵循的民主管理程序，一件事一件事地展开，有条有理，觉得很爽，几乎不曾产生被夹在中间受气的感觉。可是，去年发生的一件事让我对自己的角色有了新的理解。

事情本身并不复杂。一天下午，院长和我见面，和我说起他在最近的学院指导委员会（Dean's Advisory Board）上听到的一个建议。这个指导委员会基本由本地区企业的重要高管组成，专门给学院的未来发展方向出谋划策，从商业实践者的角度提出他们的见解；同时他们也是院长募捐的直接对象。在过去二十年中，我们学院成立了一个创业创新中心，而且该中心每年举行的创业计划书大赛在本地和全国都享有盛名,因此我们的创业创新项目在各种商业杂志上的排名一直相当不错。这个建议与此相关,就是我们的创业创新项目既然做得这么出色,为什么这个词没有出现在任何一个系的名字上?我们学院一共有五个系:金融、会计、市场营销、信息系统和运筹管理、组织管理。我所在的是组织管理系,教授战略、组织行为、商业伦理以及和创业有关的课程。因此,这个建议进一步指出,能否把我们系的名字修改一下,变成管理创业系,这样别人一提创业,就有相应的系可以对上了。而且如果有一个系直接与创业挂钩的话,这位提议者准备给学院捐赠,支持创业项目。

院长个人认为这是一个好主意,因为"组织"二字在名字里面也没有什么重要的作用,保留"管理",加上"创业"二字,内容还更丰富清晰。我一听心里有点儿发毛,一时无言以对。思忖片刻,我说本着民主管理的原则,这么重大的决策需要我系全体教员的讨论和认同。院长同意了。于是我立刻召集大家开会讨论这项建议,并且将该建议的来龙去脉解释了一遍。在讨论的过程中,各种意见都被反映出来,各种利弊分析也都陈述出来,我当时的一个明显感觉是,我们的教授对来自上面的建议有相当的抵触情绪,因为他们感觉这是从上面"压"下来的,不是我们自己有这样的愿望。虽然开这个会是给予商量的机会,但心里还是不顺(知识分子的傲骨和傲气在这里有明显表现)。因此,讨论了一个多小时之后,本来准备投票表决,结果大家认为时机不成熟,不要投票,让我代表大家转告院长,说我们还需要更多的思考时间。我尊重大家的意见,同意如实转告。

过了一个星期,我向院长反映了我们讨论的情况,主要强调了大家的顾虑,并且转告了没有结果的结果。很显然,院长面露不快。我觉得他可能认为我执行他的"命令"不力,有一点责怪的意思。我立刻很明确地告诉他,我在系里推行的是民主管理的程序,在做重大决定之前,一定要充分了解大家的思想和感受,决不能把我自己的意志强加给别人,这是我最基本的管理理念,就是得罪他,我也不能改变。好在院长比较开明,听我这么说了之后,表示同意,但是希望我能够继续去做工作,改变那些不愿意接受该建议的教授的想法。我说可以,但是我一定不会自己去做工作,因为这样仍然有"强硬"的感觉。我说我准备在系里成立一个"系名"临时委员会,由委员会成员分别与每一位教授面谈,说出自己的顾虑,然后讨论化解顾虑的方法。等所有的教授都充分全面地表达了自己的想法并交流了之后,我们再召开全体大会,汇总讨论,匿名投票表决。院长对我的提议表示赞同。于是我们成立了系名临时委员会。

半个月过去了,个别面谈全部结束,委员会的负责人向我报告了整体的反应,大部分的态度比较积极,但是小部分人依然认为用"创业"二字取代"组织"很不合适,他们陈述了种种理由,听起来绝非无稽之谈。我们再次召开全体大会,就此事发表更全面的看法之后,投票表决。唱票的结果有三分之一的人反对,三分之二的人赞成。

拿着这个结果,我再次去见院长。我说"现在由您决定了,如果您决定要改,系里有三分之二的赞成票,也算是名正言顺的结果;但如果您考虑到还有三分之一的人不认同自己本系的名字,不做修改也是一个好的选择"。他思考了一下,做了一个有点出乎我意料但又让我十分欣慰的决定:保留原来的名字。

出乎意料是因为这个决定违背了院长本来的初衷,他这样做显然是需要勇气的,因为他还要向指导委员会去汇报。让我欣慰的是这个决定反映了院长对教授意见的极大尊重,情愿放弃自己原来的观点而接受与自己不一致的意见。他这样做也是对我在系里所用的民主管理方法的认同。我对院长的尊敬程度通过此事又有提升。

所以这次当夹心饼干的滋味是酸甜俱全,而我由此得到的新见解则清晰了然:那就是,作为中层,既要执行来自上面的任务,更要准确反映下面的意见。中层是桥梁,要连接的是上下共同的利益,最客观公正的方法是遵循民主管理的程序。

2013年4月于美国西雅图

看水不是水

画　墙

　　虽然墙能遮风挡雨,是建设广厦必不可少的组成部分,但是在文学语义中,墙这个字常常带有负面的色彩。在国家之间建造的墙成为阻隔两国人民之间交往的障碍,比如著名的柏林墙;在自家房子周围垒起的围墙主动分割与邻居的界限,发出"老死不相往来"的信号;在互联网上筑起的"墙"阻断信息的流动,限制人们沟通的自由。墙,因此变成一种隐喻,表达人们受到的来自外部的压抑、限制和阻碍。当然,有的时候墙也可以是自己修筑的,目的是保护自己不受伤害。在国家层面,长城这座世界上最长的墙就是这样的产物。反过来,如果要表达向往追求自由的举动,就可以用"翻墙"、"拆墙"、"爬墙"甚至"钻墙"等词汇。而我在这里要写的墙,是一堵实实在在的墙,并非隐喻。那就是我家楼下健身房的一面墙。

　　这面墙其实没有任何独特之处,之所以受到我的重视,是因为我天天必须面对着它"走路"锻炼身体。我在跑步机上每天要走三公里以上的路,放眼朝前看去只见一面白墙,将墙外那如诗如画的风景全部挡住,心里不免觉得遗憾。我一边走路,一边想,假如自己有透视的功能该多好,那样视野就不会被截断,可以一直延伸到无边的森林或大海中去。可是,我又不是超人,长不出具有特异功能的眼睛,怎么办呢?

有一天又在跑步机上走路的时候,我突然想起顾城曾经写的诗:

> 我要在大地上画满窗子
>
> 让所有习惯黑暗的眼睛
>
> 都习惯光明

对了,既然顾城可以在大地上画满窗子,我为什么不可以在墙上画画呢?当然,顾城在尚未真正"画"完窗子的时候已经逝去,而我却完全可以在这堵墙上自由涂抹,而且还可以因此回应他的诗句:

> 我要在墙上画满森林和草地
>
> 让所有阻挡视线的障碍
>
> 消失
>
> 变成想象和美丽

于是,我买来了油漆和颜料,开始了画墙的工作。两天之后,大功告成!从此我每天都可以在跑步机上一直走到密林深处。自己创造自己的跑步/居住/生活环境,还有什么比这件事更让人开心的呢?

墙上的森林

2011年3月于美国西雅图
原载于《管理@人》2011年第4期

独一无二的周杰伦

听周杰伦的歌,经常是在飞越太平洋的飞机上。本来觉得坐飞机枯燥无味,但是有了周杰伦的歌之后就大为不同了。更奇妙的是,他的歌在一开始的时候总是听起来口齿不清,音乐也不是那么容易上口,但是听多了以后却越听越有味道,不仅是歌词的内涵,也包括音乐的独特,以至于有百听不厌的感觉。

听周杰伦的歌,会产生时光倒流的效果。他不仅唱自己童年的岁月(《时光机》):"那童年的希望是一台时光机/ 我可以一路开行到底都不换气/ 逮住蜻蜓穿过那森林/ 打开了任意门找到你一起旅行";或者少年的恋情(《东风破》):"谁在用琵琶弹奏一曲东风破/ 岁月在墙上剥落看见小时候/ 犹记得那年我们都还很年幼/ 而如今琴声幽幽我的等候你没听过";或者青春的爱情(《甜甜的》):"我轻轻地尝一口你说的爱我/还在回味你给过的温柔/ 我轻轻地尝一口这香浓的诱惑 / 我喜欢的样子你都有"。他也唱古人的情爱故事(《兰亭序》):"兰亭临帖行书如行云流水/ 月下门推心细如你脚步碎/ 忙不迭千年碑易拓却难拓你的美。"更妙的是,他经常把古代遥远的故事和现代的我巧妙地糅合在一起,不古不今,又古又今(《青花瓷》

《爱在西元前》），感觉物是人非，情绪深远，为现代生活提供历史视角，终而达到古今合一的境界。比如，在《青花瓷》中，他如此唱道："色白花青的锦鲤跃然于碗底／临摹宋帖落款时却惦记着你／你隐藏在窑烧里千年的秘密／极细腻犹如绣花针落地／帘外芭蕉惹骤雨门环惹铜绿／而我路过那江南小镇惹了你／在泼墨山水画里／你从墨色深处被隐去。"带有古韵的歌词，配上用民族器乐演奏的现代音乐，真可谓浑然天成，让人回味不已。

除了表达情绪情感，周杰伦的歌有一部分表达的是对中国传统文化的尊重解读和作为中国人的自豪。像《刀马旦》《双截棍》《霍元甲》，都是对中国人特有的正气侠义精神的认同，那首自称"周大侠"的歌更是明证。我最喜欢的是《双截棍》里的那几句："我只用双截棍 哼哼哈嘿／快使用双截棍 哼哼哈嘿／习武之人切记 仁者无敌／是谁在练太极 风生水起／如果我有轻功 飞檐走壁／为人耿直不屈 一身正气！"一边唱一边情不自禁就想舞动起来，而且一边唱一边就觉得自己正气凛然所向无敌，感觉特爽。

与此同时，他的歌曲中也有相当一部分表现对西方文化中崇尚自由、幽默、个人英雄主义以及普世人道主义价值观的认同。像《免费教学录影带》中两句描述吉他歌手的："摇滚的节奏在右手／灵魂在左手／心就是宇宙／我弹的叫自由"；或《牛仔很忙》里的："我虽然是个牛仔在酒吧只点牛奶／为什么不喝啤酒／因为啤酒伤身体／很多人不长眼睛／嚣张都靠武器／赤手空拳就缩成蚂蚁；我有颗善良的心／都只穿假牛皮／喔跌倒时尽量不压草皮／枪口它没长眼睛／我曾经答应上帝／除非是万不得已／我尽量射橡皮筋。"我个人更喜欢的是《无双》中常胜将军的真情独白："我命格无双／一统江山狂胜之中／我却黯然语带悲伤；我一路安营扎蓬／青铜刀锋不轻易用／苍生为重；我命格无双／一统江山破城之后／我却微笑绝不恋战。"这和以前中国提倡的"宜将剩勇追穷寇"的精神是多么背道而驰，但又体现了多么深刻的人文精神。周杰伦用饱经沧桑的嗓音把最后的尾音挑到高八度，唱到极致，把将军痛苦万分的矛盾心理表达得淋漓尽致。

周杰伦的歌还有一个有趣的特点，就是从来不让自己陷在感情中不能自拔，而常常能够转换视角或者幽默一把来加以化解。比如在《发如雪》这首相当深情凄美的歌曲中，在唱了两遍"你发如雪凄美了离别／我焚香感动了谁／邀明月让回忆皎洁／爱在月光下完美；你发如雪纷飞了眼泪／我等待苍老了谁／红尘醉微醺的岁月／我用无悔刻永世爱你的碑"之后，他突然加了一段听上去油嘴滑舌的"啦儿啦啦儿啦啦儿啦儿啦"来缓和一下过于沉重的气氛。再比如在《彩虹》这首有关失恋的歌曲中，他唱"看不见你的笑／我怎么睡得着／你的身影这么近／我却抱不到"，然后就用自然现象来比喻"没有地球太阳还是会绕／没有理由我也能自己走"。更有意思的是在《超人不会飞》中，他先自我嘲弄了一番："唱歌要拿最佳男歌手／拍电影也不能只拿个最佳新人／你不参加颁奖典礼就是没礼貌／你去参加就是代表你很在乎；结果最后是别人在得奖／你也要给予充分的掌声与微笑／开的车不能太好／住的楼不能太高／我到底是一个创作歌手／还是好人好事代表？"然后他笔锋一转，把自己比作超人，视角随之移开："如果超人会飞／那就让我在空中停一停歇／再次俯瞰这个世界／会让我觉得好一些；拯救地球好累／虽然有些疲惫但我还是会／不要问我哭过了没／因为超人不能流眼泪。"

当然，周杰伦唱的歌许多都是方文山作的词，他作的曲。但是一般没有对歌词深刻领悟和理解的人，无法将音乐谱写得如此天衣无缝；而没有音乐的衬托，歌词的力量也难以如此打动人心。

独一无二的周杰伦，他的歌将被许多代中国人传唱。

2011年5月于美国西雅图
原载于《管理@人》2011年第6期

戴安娜的眼神和 Lady Gaga 的面具

在最近的英国皇家婚礼上，有一个虽然没有出现但又仿佛无处不在的人，那就是30年前另一个盛大英国皇家婚礼的主角——如童话中的美丽公主一般的戴安娜王妃。穿着婚纱的戴安娜含苞待放、如花似玉，尤其是那纯情羞涩的眼神，让人过目难忘。

时光快进到1997年6月，那时戴安娜和查尔斯婚姻破裂已经分居离异，而且彼此都有婚外恋情的传言在小报上已经川流不息，香港的明珠台播放了一则专访戴安娜的节目，将近一个多小时的问答，许多问题涉及她和查尔斯的个人隐私。我记得戴安娜在回答有关查尔斯的婚外情的问题时相当委婉，但对自己的却一点都没有遮掩，一一作答。我对整个节目印象最深的依然是戴安娜的眼神，那种集幽怨、委屈、痛楚、羞怯于一体，欲说还休又不说不休的眼神，让我感到她内心深处受到的伤害之透彻，即使在与查尔斯离异之后依然没有解脱和恢复。我当时不明白为什么身为王妃、受到全世界人民尊敬的她，竟然还会有如此幽怨的眼神。

几个星期之后，电视里又播放了一则专访查尔斯的节目，也有一个多小时。我当时觉得有趣,因为好像是戴安娜向大家坦白了自己的婚外情之后,查尔斯也有了勇气承认自己的过失一样。在电视上,查尔斯很诚恳地说到他和帕米拉多年藕断丝连的感情和偷情经历,婚前婚后都是如此。看到那儿,我才幡然醒悟,原来戴安娜的婚外情属于被动语态,是因为自己无论如何努力都不能赢得查尔斯的心和爱而被逼出来的!一个女人,一个全世界人民心目中的白雪公主,受到成千上万人的仰慕,竟然不能得到自己丈夫的全部爱情,哪里还有比这个更让人绝望伤心的呢?难怪戴安娜的眼神里一辈子都只有幽怨,甜蜜和陶醉与她无缘,因为自从结婚那天起她的心就掉进了苦难的深渊。

再让时光快进到 2008 年,一位名叫 Lady Gaga 的音乐新星在美国突然升起并大放异彩,一时间她的歌曲和音乐风靡全世界,而她的形象更是让人耳目一新:她永远戴着面具,不以真面目出现。她的服饰面具别出心裁、琳琅满目、创意非凡、叫人目不暇接,成为她的个人身份的一个重要象征,也成为美国社会一个崭新的文化现象。带着好奇,我开始听 Lady Gaga 的歌曲:《在黑暗中起舞》《男孩男孩男孩》《狗仔队》《扑克脸》《电话》,等等,才发现这些歌贯穿着的一条线与异性和爱情有关,另外一条与金钱和名气有关。她的音乐朗朗上口,节奏感强;她的歌词中透露着对名利的嘲弄,对摆脱男性纠缠的勇气的欣赏,以及对男人施以小小报复的快意。她的歌中更加鼓励的是女性的自立自强,不要因为被男人用瞧不起的眼神看了一眼就自行崩溃。

如果对歌词进行一点小小的心理分析的话,可以推断在成为 Lady Gaga 之前,那个名叫斯黛芬妮的女孩曾经经历过的爱情挫折,被男朋友抛弃、萎靡退缩、辍学、吸毒麻痹,自觉无脸见人,如此种种。面具于是成为斯黛芬妮的护身符,成为她面对这个世界的利器。在面具的遮掩下,斯黛芬妮不复存在,一个崭新的 Lady Gaga 出壳诞生,这个 Lady Gaga 可以坦然面对所有的人,包括以前侮辱过她、看不起她的人,并且可以直接用歌曲唱出自己对他们的真实感受。这个名叫 Lady Gaga 的女孩有历练,勇敢,看破红尘,看得清所有的人是物非,可以去做以前不敢做的事,让心灵完全自由放开。

Lady Gaga 一举成名后有了心理安全感,终于开始摘掉面具展现自我。最有意思的是在今年格莱美音乐奖颁奖典礼期间,她接受美国哥伦比亚电视台(CBS)《60 分钟》节目时的表现。这个节目已有 43 年的历史,是美国电视新闻杂志节目中最有威望的,收视率极高。那一天,Lady Gaga 没有穿戴任何服饰,是我第一次见到她的庐山真面目。她没有化妆,甚至没有穿衣服,几乎赤身裸体(只穿了肉色的内衣内裤)地出现在《60 分钟》的采访室里,对着镜头侃侃而谈。那个采访室里曾经坐过世界多国领袖,而 Lady Gaga 竟然敢于将完全真实的自己和盘托出,没有完全的心理自由恐怕做不到。采访人问她为什么今天如此打扮,Lady Gaga 的回答十分简单:"因为今天我觉得自己不想穿任何东西,所以我就不穿了。"我后来发现这身打扮其实与她那天在格莱美音乐奖颁奖典礼上表演《我天生如此》这首新歌时的装扮十分相似,Lady Gaga 从巨大的鸡蛋壳里出来的时候全身就是肉色的无衣装饰。

戴安娜挣扎了一辈子都无法超越自己走出命运的阴影,成为永远的受害者。而 Lady Gaga 在痛苦之后却能够将自己的经历升华成艺术,唤起曾经有过心灵创伤的大众女性的共鸣,变成大家的偶像。更重要的是,在这个过程中,Lady Gaga 也将自我升华,她从此不再是那个胆怯的斯黛芬妮,而成为拥有百分之百心灵自由的独立个体。

2011 年 5 月于美国西雅图
原载于《管理@人》2011 年第 6 期

权·色·戒

最近几个星期内接连发生的几件与权色有关的丑闻给脱口秀节目的主持人平添了许多笑料。先是惊爆前加州州长阿诺·施瓦辛格婚外育子的消息,隐藏十三年之久;接着是前国际货币基金组织总裁、法国最有希望的下一届总统候选人多米尼克·施特劳斯-卡恩在曼哈顿高级酒店强奸女服务生,在等待起飞回法国的飞机上被捉拿归案;然后有前参议员约翰·爱德华使用竞选募集的资金给婚外情人育子的审判。没想到似乎还嫌这些不够,这两天居然又发现现任国会议员安东尼·维纳将自己的裸体照片通过Twitter传给其他女性的丑事。这些丑闻如此目不暇接,以至于《时代》杂志刊登了题为"为什么有权的男人行事如猪?"的封面文章。看到封面上那只趴在地上的粉红色小猪的照片,真叫人哭笑不得。

在所有的美国媒体报道中,对这些事件的反应相当一致,全部谴责,找不到一句同情之词,表现出相当强烈的社会共识。在美国,公众人物应该是道德的典范,其一言一行都必须受大众监督。婚外的性行为一律视为违法,属于不道德之举,这一点被全社会认同。做了如此违法之举的人不论其职位高低,必须受到法律制裁,强调在法律面前人人平等的理念。在美国生活久了,这些思想已在潜意识里扎根,觉得应该是天经地义的事。因此,当我看到法国媒体在卡恩事件开始时对该事件的解读和反应时,才发现这个"天经地义"存在巨大的文化差异。

法国媒体中诸多男记者在报道卡恩事件时也体现了几个共识:首先是对地位的态度。卡恩身居要职,是国际货币基金会总裁,担任着拯救欧洲走出经济危机的重大责任,而酒店女服务员是来自几内亚的移民,又是单身母亲,因此究竟谁的话可信自不待言。而且说不定这个服务员想借此出名呢?其次是对婚外性生活的态度。男性好色不是很平常的吗?善于勾引别的女人只能说明男人的魅力,就连卡恩的妻子都这样说。哪里至于到了要蹲监狱的份上?这也是卡恩的妻子携女从遥远的法国赶到纽约,交上一百万美元的保释金将他保释出来的原因。有趣的是,保释出来的卡恩在纽约遭人唾弃,他所租的房子周围的邻居一致谴责他是祸害,认为他的存在会影响到他们的生活安全,要求他搬离该区。如此强烈的反应让法国记者瞠目,之后不得不掉头转向,也加入谴责卡恩的阵营。此事同时激起了法国女性对自己在两性之间地位的深刻反思,西蒙·波伏娃当年著述的《第二性》一书被重新讨论,法国女性在过去半个世纪中一直都没有能改变其第二性的地位,对比美国,确有让人惊心之处。

由此我联想到中国社会的现状,也许更是不堪想象。前几年曾经发生的邓玉娇案,就从侧面反映出女性的地位。而一些观众对《蜗居》中的好色贪官宋思明的同情也从侧面反映出整个社会对男人出轨的宽容。有三个问题可以帮助我们鉴别社会对权和性的价值取向:首先是大众的共识,婚外性行为是否违法,是否不道德?其次,利用权势逐色是否不应该包容?最后,这样的人是否应该受到舆论的谴责以及法律的制裁?如果对这三个问题的回答都是"否"的话,就难怪"二奶村"的存在和蓬勃发展了。

在美国,这些人的结局当然就很不相同。每个人都需要承受由自己的行为带来的后果,没有任何借口可循,也不存在任何挡箭牌。施瓦辛格从此失去25年来对他鼎力支持的妻子和家庭,而且名誉扫地;卡恩要当法国总统的美梦破灭,很可能还得在美国受牢狱之灾;爱德华的前妻已经辞世,他当然还得面临法律的制裁;而维纳也很可能在大众的舆论中被迫辞职。

只有在一个正气凛然的社会中,戒权戒色才可能成为多数人的座右铭。

2011年6月于美国西雅图
原载于《管理@人》2011年第7期

《悲惨世界》：一部拷问灵魂的巨著

如果有人问对我一生影响最大的书是哪一本的话，我的回答一定是雨果的《悲惨世界》。第一次读这本书还是在 20 世纪 80 年代初，我刚上高中的时候。记得大概花了两个星期才读完，都是在晚上做完功课之后，夜深人静的时候阅读的。那时的我沉迷于文学作品，尤其是世界名著，看到书里面精彩的句子，还专门准备了一个笔记本抄录下来。而从《悲惨世界》里摘录的句子虽然不是那么多，但整本书中透露出来的彻底的人道主义思想，却在我的灵魂深处产生了强烈的震撼。

最关键的原因，现在回想起来，可能与中国当时大环境中提倡的"阶级斗争"思想的巨大反差有关。60 年代出生的一代人，从小受的教育都与阶级斗争有关；作为优秀学生的我，当然不能幸免。而世界上存在"好人"和"坏人"这样的概念，也是非常的黑白分明。此外，"对待同志要像春天般的温暖，对待敌人要像寒冬一样残酷无情"更是指导日常行为的准则。当我开始读到冉阿让这个从监狱里刚刚获释的"坏人"，居然偷窃对他关怀备至的神父家里的银器的时候，心中的愤怒可想而知，因此当警察把他抓回押送到神父面前的时候,立刻觉得应该对他严惩不贷。但是,就像对于冉阿让是一个惊天的震撼一般,神父对警察说的话也使我这个 20 世纪 80 年代的中国少女感到震惊。神父说银器是他送给冉阿让的,因为匆忙,竟然落下了一对银烛台,现在一并送上。

就是神父如此不合常理的举动,开始让冉阿让拷问自己的灵魂:我究竟是怎样一个人(Who am I)?我要做怎样的人?我是一个有灵魂的人吗?我要拿这些银器去做什么?拷问的结果是,他决定洗心革面重新做人。

然而重新做人并非易事。冉阿让在监狱服刑 19 年,被定义为危险犯人,即使释放,也必须时时向警署汇报行踪。因为有了服刑记录,几乎没有人愿意给他工作的机会。为了达到洗心革面的目的,冉阿让撕毁了定义自己的那一纸文书,开始了隐姓埋名的"自由人"的生活。凭借自己的努力和智慧,他当上了一个城市的市长,振兴当地的经济,为那儿的老百姓造福。19 世纪 30 年代的法国,穷困、民不聊生,妇女的生活更是如临深渊。美貌骄傲的芳汀因为有了私生女,被赶出工厂的大门;为了还债,她卖掉了美丽的头发和牙齿不够,还沦为妓女。冉阿让面对此情此景,决定扮演上帝的角色,拯救这对母女。然而,长期追踪他的警察沙威却发现了他的面目的可疑,暗自报告了上级,等待调查结果。

有意思的是,调查结果否认了沙威的怀疑,因为有人举报另一个逃犯,说他才是冉阿让,并且准备开庭审判。沙威前去向冉阿让道歉,并主动要求受罚,却使冉阿让再度陷入了灵魂的拷问:我究竟是怎样一个人(Who am I)?如果我不去自首,一个无辜的人将替我受刑,我的灵魂将不得安宁;如果我去自首,我自己要去受刑,我又如何能够拯救芳汀母女?又如何维持本市的繁荣?无论我去不去自首,都没有好的结果。我该怎么办?在这样的灵魂拷问之下,冉阿让决定说出真相,自己主动去法庭自首。

自首的结果当然是真相的暴露和警察的进一步追捕。此时的芳汀已经病入膏肓，冉阿让赶去医院为她送行并询问其女珂赛特的下落，发誓珂赛特一定会在他的保护下成长。冉阿让在黑漆漆的树林中遇到正在井边打水的珂赛特，终于将她从一对唯利是图的养父母手中赎了出来。年幼无助却又懂事的珂赛特对他瞬间产生的无限信赖突然使他感觉到了人生的意义和父爱的温暖。为了逃脱警察的追捕，他们决定在一个修道院住下，过与世隔绝的生活。

　　一晃就是十年，到了法国大革命即将发生的前夜。珂赛特已经长成美丽的少女，她和父亲在街头出现，给穷人布施。在街头演讲的青年莫里斯一眼看见珂赛特，就被其深深吸引；一见钟情的感觉在珂赛特那儿一样严重。两人一见倾心，却无法顺利沟通。几经周折，二人终于在珂赛特家的后花园有了偷偷见面的机会，彼此互诉衷肠海誓山盟。可是警察沙威的突然出现使冉阿让不得不做出再次搬家的决定。珂赛特痛苦万分，又不敢和父亲直说，只能忍痛离去。莫里斯不甘心，写信向冉阿让道出真情。冉阿让在那一刻突然感到自己即将失去一生的爱女，心中的悲痛无法言说。他因此再一次拷问自己的灵魂：我究竟是怎样一个人(Who am I)？我应该为了保持自己在珂赛特心中的位置而不告诉她莫里斯的下落，还是应该为了珂赛特的幸福而自己承受失去她的痛苦？

　　热血沸腾的革命青年在街头筑起路障，举起革命的旗帜向皇家军队发起攻击。寡不敌众的他们在几天后受伤的受伤，阵亡的阵亡，不久就全军覆没，把年轻的生命献给了未来法国人民的自由。冉阿让为了能够找到莫里斯，也加入了革命的阵营，结果在莫里斯身负重伤的时刻，背着他走遍巴黎的地下通道而逃出敌人的魔掌，将他带到了珂赛特的身边，成全了他们的爱情，完成了他对芳汀许下的诺言：保护珂赛特长大成人。

这三次对灵魂的拷问,冉阿让都经历了巨大的精神痛苦,因为每一次面临的都是一个永远的道德困境:是报复社会还是重新做人?是说出真相不让一个无辜的人替自己受罚还是自己承担责任?是为了保住自己的爱女永远在自己身边还是为了女儿的幸福放手让她奔向另一个人的怀抱?这样的问题事实上我们每一个人在不同的人生阶段都会遇到。而冉阿让每一次做出的选择都是勇气和道德战胜懦弱和自私,给我带来深刻的震动和力量。

　　《悲惨世界》中另一个被不断拷问灵魂的人则是那个无比忠于职守的警察沙威。他认定一个人一次为贼终身为贼,因此对冉阿让从不信任。冉阿让出狱之后十年,他一见他就有怀疑,暗自上告被否,主动向冉阿让请罪,冉阿让却说他忠于职守让他继续公职;他不解,但也不并为此感激甚至放松警惕。他自认是国家法律的化身,对法律判定的结果没有丝毫怀疑。在冉阿让自首之后,他立刻对他紧追不放,无论冉阿让如何机智灵活,都无法甩掉他的追捕,只能十年隐藏在修道院度日。不想再度浮出之后又被沙威觉察。然而在大革命的混乱之中,沙威也混入革命队伍,企图传播假消息让这些革命青年挫败,却被暴露真相而面临杀头的危险。冉阿让加入革命阵营后取得了年轻人的信任,并取得了枪杀沙威的权利。这是沙威第二次落在冉阿让的手里,心里明白是被复仇的时间,只等一枪被毙。没想到这一枪竟然没有打在自己的脑袋上,冉阿让放了他一条生路,再次让他逃走。他还是疑惑,但是接受了生路,却依然没有放弃追捕冉阿让的念头。

　　最后一次冉阿让终于撞到了沙威的枪口上,那是在背着垂死的莫里斯终于走到下水道出口的时候,沙威发现了他们的踪迹,就在出口的地方守候,逮个正着。面对一个垂死的青年和一个自己追捕了一辈子的逃犯,这一次沙威突然觉得自己无法动弹,怎么也开不出那一枪。青年和冉阿让得以逃生,沙威的灵魂拷问也终于有了结果:我是法律的化身,但是这个被法律判定为坏人的人却是一个舍己救人的英雄。我放了他就是违背了法律,因此我也就不再是法律的化身。那我究竟是怎样一个人(Who am I)？我既不再是法律的化身,那么我活着也就等于死了。那个我认为的我不再存在,我就到了应该消失的时候。于是,他纵身一跃,跳入了激流滚滚的塞纳河,完成了自己在这个世界上的最后职责。

《悲惨世界》之所以能够不断被改编成电影和戏剧上演,就是因为拷问灵魂这个主题的亘古永久性。最近正在上映的音乐剧对这个主题的阐释尤其精准,每一个演员对该书的理解都功力深刻,唱演俱佳。无论是休·杰克曼、安妮·海瑟薇还是罗素·克劳或阿曼达·塞弗里德,其表演的投入和真切都令我感动。整部电影一气呵成,场面宏大壮观,对人物心理描写却是细致入微,实在是一部难得的杰作。

2013 年 1 月于美国西雅图

别开生面的追悼会

去年相继有两位同事离世,让我不胜感慨。两位的年龄均不到六十,一位男士 L,发现肝癌时已到晚期,数月后就撒手人寰。另一位女士 H,十多年前发现乳腺癌,及时治疗,控制住了扩散。没想到去年春天癌细胞又重新回来,而且这一次十分凶猛,无论是化疗还是其他手段都无济于事。H 的办公室和我相邻,有时来我办公室串门,随便聊天,总是透露出她的热情和幽默。她和我讲过很多故事,大多能与我自己的经历挂上钩,因此很快就产生共鸣,虽然她是会计系的老师,我倒是觉得她对人生的体悟和理解一点都不亚于管理系的教授。

然而这么多年来她却从来没有和我谈过自己的癌症。我们的谈话常常都是轻松的话题,就是严肃的,也常用轻松幽默的态度来谈论,所以在我的记忆中,H 始终是一个开心快乐的人,一个有着美丽的大眼睛和悦耳的澳洲口音的快乐女人。

听说 H 病重是在我们的办公室搬了之后,那时我们已不在同一座大楼工作,所以基本没有见面的机会,接着就传来她辞世的消息,让我既惊又恸,不知所措。过了几天我收到学院的邮件通知,下星期要召开 H 的追悼会,请我参加。以前有老师去世,追悼会的通知都是由家属发出的,而且时间大都在星期天,地点一般都在教堂。可是这一次,H 的追悼会将在我们的上班时间、在学院的大礼堂举行。

我怀着悲痛沉重的心情来到大礼堂,不一会儿,两百多人的礼堂里就已经座无虚席。我环顾四周,发现几乎全院的领导、老师和职员都到了,但主持追悼会的不是院长或副院长,也不是会计系的系主任,而是 H 的两位同系的同事。此外,还有很多我不熟悉的面孔,好像是院外人士。主持人说,首先,这不是一个追悼会,而是一个庆祝大会:我们聚集在这里庆祝 H 女士短暂却不平凡的一生。然后主持人请出第一个致辞嘉宾,我一看,是 H 的先生、会计系的 R 教授。

R 教授是会计系的元老之一,睿智犀利,平时特别低调,不太喜欢与别人交往,从表面上来看,与 H 的外向性格几乎相反。H 曾经是 R 教授的学生,可能在学期间已经倾心于 R 教授,毕业之后两人就开始交往,终结伉俪。二人育有一女,已经大学毕业,我这时看见他们的女儿也坐在前排。R 教授走上讲台,大家都屏住呼吸,面色凝重,准备聆听 R 教授的悲痛悼词。没想到,R 教授开口的第一句话是,"开这个追悼会可不是我的主意",大家愕然,他接着说,"这是 H 生前的一个遗愿,她想让大家从繁忙的工作中抽出一小时来休息一下,停下脚步来回顾一下人生对我们的意义"。哈,原来 H 亲自策划了自己的追悼会!我仿佛看到 H 美丽的脸上露出的狡黠笑容,多么别出心裁的女子!

R 教授接着给我们讲了很多 H 的故事,讲她对生活琐事的热情,对芭蕾舞的钟情,与同事和昔日伙伴的友情,对学生的关心,对女儿的母爱,与自己的爱情;让我印象特别深刻的是她对生活的乐观和洒脱,从不计较自己的事,总是把别人放在自己生活的中心;而且她总是那么幽默有创意,总能把别人认为很无趣的事情做得津津有味。而且就在她知道自己死期将至的时候,也从不抱怨。相反,她在亚马逊上面网购了很多东西,并且预订了不同的送货日期,这样在她离世之后,她依旧可以给家里惊喜,让家人和朋友可以收到来自她的礼物。R教授说:"和H在一起生活,你永远都觉得有趣,永远不会感到枯燥;我会永远想念她。"

下一个致辞的是H的童年好友,专程从澳洲赶来。她陈述了她们自童年以来的友谊,虽然H拿到博士学位,并在美国著名的高校任教,而自己还是澳洲一个小村庄的农妇,但H从来没有居高临下的姿态,对她从来就像她们小时候一样平等纯洁。她在生活中遇到难题的时候向H倾诉,H没有一次拒绝,总是耐心倾听,并帮助她化解。几十年来,她们就像姐妹一样。然后,H在博士生期间的学妹开始致辞,回忆起她们一起度过的学生岁月,那些青春靓丽的时光,H的机智、豁达、善解人意,H的乐善好施以及有时喜欢恶作剧的往事;让大家一边听,一边笑,一边哭,体验复杂的人生。再接下去,H过去的学生、助教,也都一一上台致辞。当然,会计系的其他老师也上去讲了很多H的故事,H这个人生活的方方面面一点点生动鲜明地展现在大家的面前,她的音容笑貌因此在我的心中显得更加真实亲切。可是我从此再也不会见到她,也不能跟她分享我对她的追悼会的感想了,多么遗憾,但这难道不就是人生吗?

一个多小时下来,大家哭过了,也笑过了,对H的人生有了更深刻的理解和欣赏,也让我更想透了生命的意义。其实,死亡是每一个人的终点站,没有任何人可以逃避,但是生的过程在很大程度上是我们自己可以掌控的。实体的生命逝去之后,能够留下的东西是什么呢?从所有人对H的致辞中,我看见了答案,那就是,只有你为别人做过什么、让别人从你身上得到了什么,别人才会记得你,你的生命才能在别人那儿延续下来。如果一个人永远只是为自己谋利益和幸福的话,那么在你的身体消失的那一天,你的生命也就彻底完结了。

像 H 这样度过一生的,追悼会也可以变成庆生会。

2013 年 4 月于美国西雅图

听 琴

我常常想,如果别人问我一天中最幸福的体验/时刻是什么,清晨躺在床上听女儿弹钢琴肯定是其中一项。每天一早,10 岁的美眉自己起床,洗漱,吃早饭,准备中饭的便当,整理好书包之后,看看赶校车的时间未到,就会坐下来弹琴。那时,我尚在半梦半醒之间,听到一串串晶莹剔透的音符随着空气的波动飘过来,眼前有时浮现出波光粼粼的湖面,有时看见舞姿翩翩的蝴蝶,有时仿佛听到甜蜜恋人的轻声细语,有时又会出现雄赳赳高亢激昂的场面。如此行云流水般深情清澈的音乐在家里回荡,让我情不自禁地微笑。

美眉从七岁开始学钢琴,至今三年多一点。从最简单的"哆来咪"开始,现在能够演奏肖邦(Chopin)、拉威尔(Ravel)、普罗高菲夫(Prokofiev)、巴赫(Bach)等音乐家谱写的难度很高的乐曲,始终让我觉得是一件神奇的事。根据我的观察,她在整个学琴过程中从来都没有说过"难"这个字,而且特别有意思的是,我看她记那些乐谱从来都不费劲,好像不需要另外消耗脑力。不管乐谱多复杂,长度如何,多弹几次自然就会了;似乎是手指的记忆多于大脑的记忆。每次老师布置一个新的曲子时,都会说:"这个曲子很难,你觉得可以试一下吗?"美眉总是笑眯眯地说"OK"。好在她每一次都能很好地弹出来,老师就不断用温和鼓励的方式给她增加难度。美眉并不喜欢刻苦练习,每天弹上半个多小时,到现在居然也已经有点小小演奏家的味道了。她现在正在练习的有三首曲子:一是拉威尔的《小奏鸣曲第一乐章》,二是肖邦的《E小调夜曲Op. 72-1》,三是巴赫的《前奏曲》,尽管风格不同,在我听来却都美丽绝伦。

相对于钢琴,其实我更钟情的是小提琴演奏的乐曲。小提琴的琴声中所包含的那种纯粹深厚如泣如诉的弦乐品质是再优美的钢琴曲也无法表达的,因此美眉当然也是先学的小提琴,转眼已四年有余,进步也相当卓著。尤其是她现在可以拉颤音,那些有很多长音符的乐曲一下子就美妙了许多,比如她最近拉的《圣母颂》就是。美眉的姐姐贝贝也拉小提琴,因为喜欢,到了大学还不肯放弃,继续参加学校管弦乐队和室内乐队的排练及演出。因为她们俩的年龄相差较大,我一直梦想哪一天她们可以联手演奏巴赫的著名小提琴二重奏(《巴赫D小调及小提琴协奏曲》)。没想到这个愿望今年实现了。美眉从四月开始练习第一小提琴的部分,等五月份贝贝放暑假回家时,她们就一起配合练习,把第一乐章和第二乐章都拉下来了。看着两姐妹在那儿一起切磋练琴的情景,听着从她们各自的小提琴里流淌出来的美妙音乐,怎不叫我心花怒放!

除了听自己女儿的琴声,欣赏音乐大家的演奏也是我们一家日常生活不可或缺的部分。西雅图地区算是音乐活动相当丰富的地方,一般著名的音乐家巡回演出都会在西雅图停留,比如伊扎克·帕尔曼、安娜·索菲·穆塔、希拉里·哈恩、芮妮·芙莱明、约书亚·贝尔、朗朗、马友友等。此外,本地更有许多音乐新星在各种比赛中脱颖而出,比如今年刚满16岁的Marie Rosono就是特别突出的一个。她从三岁开始习琴时就无可挽回地爱上了小提琴，从此开始了她的小提琴生涯。Marie 12 岁时赢得西雅图青年艺术家比赛大奖，被邀请到西雅图最好的音乐厅独奏，在《西雅图时报》被长篇报道。她后来成为本地、全国乃至世界上各类小提琴比赛的夺冠者。Marie 是贝贝的好友，每次来我家开派对的时候也不忘拉琴，而且总是叫所有来参加派对的朋友都带上琴。我们家于是就变成了她们的演奏室，让我大饱耳福。Marie 的琴声细腻温柔又充满激情，对每个音符的表达都恰到好处，炉火纯青。她在台上表演时台风也非常优雅美丽，我因此成为她的忠实粉丝。她今年夏天要去费城的柯蒂斯音乐学院（Curtis Institute of Music）学习。我以后只能等她来西雅图巡回演出的时候再去听她的琴声了。

在今年听过的音乐会中，让我久久不能忘怀的是法国大提琴手 Gautier Capuçon 演奏的曲目和神态。他的一头长发和忧郁的神情特别有艺术家的味道，而他在拉大提琴时的整个姿态简直可以用陶醉来形容。我以前不知道听古典音乐可以产生 High 的感觉，但是听到 Gauiter 用浑厚深沉的琴声演奏拉赫玛尼诺夫（Rhachmaninof）的《狂想曲》的时候，我真真切切地产生了乘风飞去、飘飘欲仙的感觉，难以用言语描述。

有琴可听，夫复何求。

2011 年 6 月于西雅图—香港

美眉开店

美眉开店已经是去年的事了。因为自己这一年来一直忙着做为别人服务的事情,竟然没有找到时间写一写这件有趣的事,心中有些戚戚然。今天忙里偷闲终于下定决心一定要写,才有了对这个故事的记述。

去年美眉还是个小学四年级的学生,正在学习关于"钱"的概念和计算。老师为了使这个模块的学习更加有趣,专门设计了一系列的活动来让学生增加对钱的理解。老师先给每个学生做一个记账本,奖励加分的钱数和惩罚扣除的钱数每一天都要入账,一个月下来,那些剩余的钱可以让小朋友们去购买自己喜欢的物品。奖励加分的项目包括上课积极发言,主动帮助老师维持课堂纪律,主动帮助其他学生解决问题,提前上交老师要求填写的家长签名单;也包括一般的遵守学校规章制度的行为,如上课准时到达,尊重别人,与别人合作,准时上交作业,等等。那些扣分的项目主要包括不准时交作业,作业质量太差,或者上课时在老师要求大家安静的时候仍然讲个不停,或者动手打别的小朋友等行为。有意思的是这样一记账,学生们似乎更加清楚直接地看见了自己行为的后果,一下子就变得更愿意积极地去做正面行为,并且避免负面行为的发生。所以,班上学生的表现有了可观的变化,老师的管理工作也容易了许多。老师同时要求对每个学生每一天的账目进行统计清点,并且把这个任务交给了美眉。美眉乐滋滋地接过了这项工作,每天都一丝不苟地仔细完成。那段时间,她会主动向我报告她自己已经挣了多少钱,别的同学中挣钱比她多的有谁,比她少的又有谁,非常投入。到一个月结束算总账的时候,她大概有两万多元的收入,高兴不已。因为在下面整整一个星期里,他们可以拿这些钱去购买自己喜欢的东西。

可是这些东西从哪儿来呢?老师提出了一个绝妙的方案,那就是让每一个学生自己制作商品,然后在课堂里开店销售。如果自制实在有困难的话,也可以用现成商品充当。商品的类型不限,吃喝玩乐皆可,价格则由店主自行标注。一听到这个消息,美眉大为兴奋,立即开始投入行动。她让姐姐帮忙做了一些她最喜欢的一种小甜饼,每块标价一元;她自己还做了小书签、小贴纸之类的东西,每份标价也是一元。让我特别没有想到的是,那些天她天天要在电脑上待几个小时,说是在写一本书,一章写完了就打印10份出来去卖,然后写第二章、第三章……每章标价10元。第一章拿出去之后的第二天,我问她销路如何,她说已经售罄,好几个同学已经在等着她的第二章出炉。后来她写好了第二章,同样售罄。我很好奇,想知道她到底写了什么东西如此畅销,她却始终不肯给我看,只说是一本科幻小说,每一章都有悬念,等着下一章揭晓。就这样到一个星期结束的时候,她总共写完了五章,全部成功出售,又挣了不少钱。

在她制作的商品中,还有一项标价很高的是一本时装画册,每本售价100元。美眉平时有空的时候喜欢涂鸦,有段时间迷上了时装,所以就自己设计了很多她认为酷的衣服、裤子、裙子、头饰,等等,把它们画出来,穿戴在一个女孩的身上。积累下来这些画也有几十张。她精选了十张左右把它们装订成册,并做了一个封面。为了使画册的效果良好,还特意用了彩色复印,共印了 10 本。美眉本来想标价 10 元/本,但我认为这本画册做工复杂成本也高,应该高价出售,她不太情愿地答应了。

第二天回家,我问她销售情况如何,她说同学们都挺喜欢的,但是嫌价格太高,都不肯出手,只有一位同学买了一本。看她沮丧的样子,我就说,如果你卖 10 元/本,要卖 10 本才能赚到 100 元,现在只要卖一本就可以,利润更高,其实是划算的。她似懂非懂地看着我,勉强微笑。

到一个星期结束的时候,她的高档画册终于售出了五本。美眉对我的定价策略不以为然。我想她更希望的是大家都来抢购自己的商品,定价再低也没有关系,因为她并不缺钱(已有两万多元),更期望的是让自己的作品得到别人的认可和喜欢。看来我的精神境界尚不及美眉。

当然,那段时间她也用自己的积蓄购买了很多别的同学制作的商品,比如水果寿司、紫菜橡皮、糖果肥皂,许多商品都极具创意,似乎从未在市场上出现过。有的商品美眉至今还保存着。我则为四年级小学生的聪明智慧所倾倒。儿童的想象力不管如何幼稚,成人似乎都难以企及。

等到开店活动结束时,老师让每个学生再次盘点自己的收支情况,结果除了个别同学之外,其他的学生都还有很多结余。因此,老师开始了这一系列活动中的最后一项,那就是让家长捐献一些比较有价值的物品到课堂上拍卖,让学生把余钱用完。

拍卖的那天据说非常热闹,但我没有亲眼目睹,只能用想象弥补。记得美眉也买到了一个大件,是一张光盘,玩 Mario Video Game 的。我们捐献的一对名牌水笔也被一个同学拍卖了去。最后剩余的物品老师随机发给了喜欢但已没有钱购买的学生。结果人人皆大欢喜,至此,学习钱的概念、学习挣钱花钱的这个模块才完全落下了帷幕。

我相信,多年之后,美眉和她同龄的朋友一定还会记得这次活动并且重新体验和感受当时的愉快经历。如此轻松有趣的学习方式是不是也可以移植到其他概念的学习上呢?

2011 年 8 月于美国德州圣安东尼奥

美眉画脸

暑假开始的时候,我发现美眉对日本卡通的人物造型产生了强烈兴趣,几乎每天都会拿着她的画本,临摹电脑上的日本少女头像。长发的、短发的、彩色头发的,大眼睛的、小眼睛的、戴眼镜的,长脸的、圆脸的、瓜子脸的,画得不亦乐乎。美眉平时喜欢涂鸦,但以前都是自己信笔画来,从来不用参照物,因此画出来的东西都是她自己头脑中想象的产物。她没有上过画画课,更没有拜过师傅,所以不管她画得如何,我都为她喜欢画画感到高兴,看见了就称赞几句。这次照着电脑上的图像画画还是第一次,让我觉得有趣,感觉到日本卡通的魅力。

可是几天之后,我发现她不再如此了。她把电脑放在了一边,画得更起劲了。她常常拿起一张白纸就开始构图,并把房间的门关上,不让我看。这样连续几天之后,她才把自己已经完成的几张"杰作"拿出来亮相。我看见那些鲜艳的色块仿佛眼前一亮,再仔细看才发现每一张都是人脸,只是形状不同、色彩不同、发型不同、表情不同而已,但是每一张都给人相当不同的感觉:温柔、好奇、华丽,甚至诡异、忧伤。我不知道美眉的头脑中是如何生成这些图像的,也不知道她所表达的究竟是什么样的情绪,但是这些画像给我的视觉冲击力之强,是我以前都不曾体验过的。而她的想象力之丰富,也超出了我对她的想象。

看水不是水

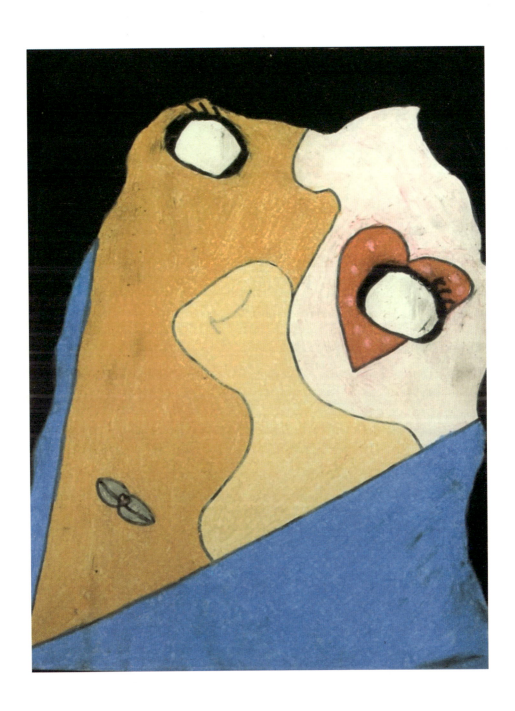

看水不是水

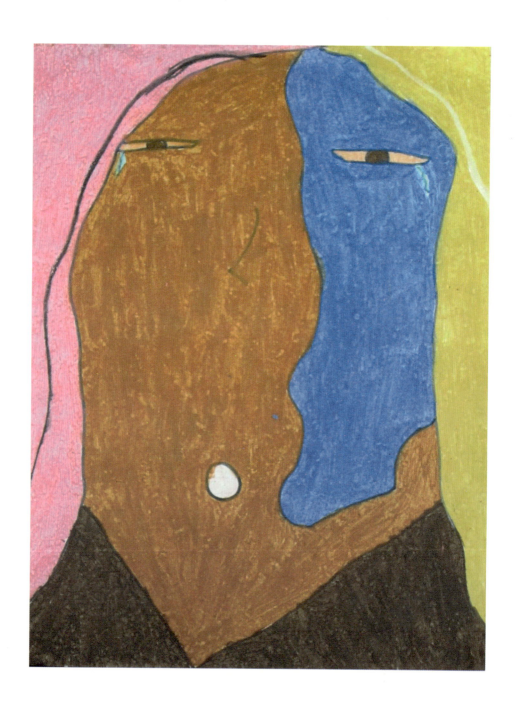

看水不是水

看水不是水

2011年11月于美国西雅图

我家有女初长成

美眉是我们的第二个女儿，今年十二岁。两年前还有着胖乎乎的娃娃脸的她，现在看上去已经有了美少女的味道，用"女大十八变"来形容美眉的外形变化应该是相当准确的。

但是她的羞怯性格和兴趣爱好还是没有太大的改变，对学校生活的喜爱和对文学以及音乐的热衷不仅没有消退，反而更加强烈了。每个星期她都要去图书馆借书和音乐CD，依然对科幻小说入迷，不仅自己读，还要我每天晚上睡觉之前读给她听，最近刚读完了《墨水心》(*Inkheart*)和《龙骑士》(*Eragon*)，让我了解她喜欢的人物。她也仍然对 Stuffed Animal（玩具动物）情有独钟。她和姐姐曾经给每一个动物都起了名字，并且撰写有关这些动物的奇遇和故事，写成章回小说的结构，坚持了将近两年。她的床上放满了这些动物，比如一个系列的 Nici 羊，另一个系列的大小不一的熊猫，以及海里的动物如八爪鱼(Octopus)和黄貂鱼(Sting Ray)，等等。每天晚上她都和这些动物说话，然后给他们铺床睡觉，有的就睡在她的枕头边上。

美眉每天回家自觉做功课，从来不需要督促。她在"天才学生计划"(Gifted Students Program)中，所以功课很多，而且还有许多短期或长期的项

目,她全都自己安排。做完功课之后,她弹钢琴、拉小提琴,这两年下来,也有了长足的进步。去年在一个钢琴比赛中得了小组第一名,今年年初在另一个比赛中又得了小组第一名。老师对我说,她现在弹奏的曲子与 Juliad 音乐学院学生弹的难度相当,很有挑战性,但是我从来也没有听她叫难,她总是笑眯眯地接受,好像不存在"难"的音乐这个概念。她用同样的态度对待小提琴的练习,现在拉的《Allegro Brilliant》能够感受到深情的体验,听起来是一种令人动容的享受。

美眉还有一个常常没有时间发挥的兴趣爱好就是画画。她现在只能趁家里人或同学过生日的时候过一把瘾,比如,去年姐姐过生日的时候,她正好买了一只新的 Nici 羊,她就把它画在自己制作的生日卡上。有时姐姐从大学回家过节的时候,她也会做一张卡,写上"欢迎归来",放在姐姐房间的书桌上,给她一个惊喜。我在这里选了几张她最近制作的生日卡,与大家分享。

作为一个母亲,还有什么比看到"我家有女初长成"更感觉幸福的呢?

给姐姐的生日卡

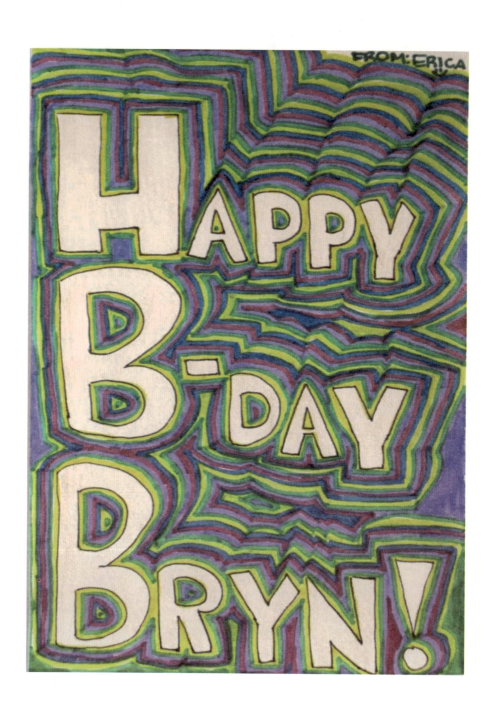

给同学的生日卡

给爸爸的生日卡

2013 年 4 月于美国西雅图

给妈妈的生日卡

美国青年上山下乡

上山下乡曾经是多少中国父母和青年的噩梦。我记得当年我的表哥表姐都去了黑龙江建设兵团,虽然一开始去的时候兴高采烈,可是没过两年就都开始动脑筋想离开那儿。不仅是因为生活的艰苦,更是因为对未来的无望,谁也不知道自己是否一辈子就要在冰天雪地的北国度过了。后来他们都办了病退回杭州,可是表哥是真的病了,在兵团烧锅炉把眼睛"烧"成了青光眼,近乎失明。回城之后也很难找到就业机会,可算是上山下乡的牺牲品。

但是,也有许多上过山下过乡的知识青年在艰苦卓绝的过程中历练了自己,从此敢于面对工作和生活中最严峻的挑战。他们不怕苦、不怕饿、不怕累,甚至不怕死。对比他们,我常常感到自己经历中的欠缺。

缺少生活的磨炼这一点,在我对自己女儿的观察中感觉愈发明显。女儿在美国出生、成长,无论是物质生活还是精神生活都十分充裕丰富,从来不需要为生活发愁。我们虽然从不娇惯,但是她们很自然地就表现出不能"吃苦"的状态。比方说,在家里看到一只苍蝇或蜘蛛就害怕得尖叫,并逃得远远的;在野外爬山,遇到蚊虫的叮咬或者烈日的暴晒就要打道回府;在旅游景点(特别是在中国旅行)闻到厕所的臭气,看到不是抽水马桶就坚决不肯上厕所,等等,不一而足。但是我们又不能人为地制造艰苦环境锻炼她们,怎么办呢?

没想到机会来了。去年春天的时候,女儿上大学二年级,她说学校有许多暑期项目,大多是去不发达国家和地区"扶贫"的,总共两个月的时间,她有兴趣参加,但还没有选好去哪个国家。我们问她为什么有兴趣,她说据去过的同学反映,这是一个重要的人生经历,会使人产生脱胎换骨的感觉(transformational experience),她想去尝试一下。我一听,坚决赞成,到学校网站上查阅,发现这个项目内容丰富,不同的国家有不同的扶贫主题,而且每个国家都有一个指导员负责学生的各项活动,这个指导员多数是他们本校的老师,个别的是民间慈善机构的工作人员。学生有兴趣参加的,需要填写一份很厚的表格,并且要清晰阐述自己参加的原因。有的国家和项目申请者众多,所以并非每个有参加愿望的学生都能如愿以偿。我仔细看了几个项目,比如柬埔寨的、越南的、泰国的、中国的,还有一些南美和欧洲国家的,都很有意思。最后女儿根据自己的兴趣,选择了一个和环境保护这个主题有关的项目,地点在泰国的清迈。

她被录取之后,就开始了去泰国的准备,比如要打好多种预防针、申请签证,等等。同时,我们又开始担心几件事:首先是指导员是否可信可靠?其次是在人生地不熟的地方生活安全有无保障?再次是其他参加此项目的学生素质如何?男女比例如何?此外,那儿的居住环境、食品卫生、医疗条件又怎么样?带着这些担心,我们送女儿上了飞机。

一个星期过去了,女儿杳无音信。我们知道她住在一个大象农场里,那儿没有电话,也没有互联网,无法与我们联系。到了周末,她终于打来了电话,因为那时他们在曼谷的一个酒店居住。原来他们被允许每个周末离开大象农场去泰国的其他地方旅行。我们迫不及待地询问她各方面的情况，她说泰国的夏天很热很潮湿，农场没有空调也没有个人自己的卫生间，很难受，但她语气中丝毫没有抱怨的口气。他们总共12个学生，每天花半天时间教当地的学龄儿童(从一年级到初中不等)学英语，另外半天不是种树就是和当地人一起研制有机肥皂、香波等产品。他们每天也花一些时间学习一些简单的泰语。在烈日下种树是一件相当苦的差使，尤其是挖坑的工作难度特别大。我想象身材单薄的女儿挥锹挖地、汗如雨下的情景，忍不住微笑了。

我们又问她饮食情况，她说他们每天自己烧饭做菜，大象农场的主人会提供适当的帮助。她说那儿没有煤气炉，也没有电炉，要烧柴，所以他们几个同学分工合作，有的负责添柴火，有的负责扇风，有的负责洗菜、切菜，每天到吃饭时分都忙得不亦乐乎。另外，因为房子四面透风，房顶上常常聚集了大量的苍蝇和虫子，一到他们做饭的时候，这些蝇虫闻到香味就纷纷飞舞起来，所以他们还得有人专门负责赶或者打虫子。大部分虫子都是她以前没有见过的，个儿很大，样子也很凶猛。可喜的是，农场主人每天教他们做的菜味道都很好，尤其是泰国面(Pattai)的配方和炒制，特别好，他们每天都吃不厌。有时农场主人还让他们去骑大象逛街，是那种不用鞍子直接坐在大象背上的骑法，因为那样对大象更加仁慈。

六月底是女儿20岁的生日，我们为不能和她一起庆祝感觉遗憾，就出资让她宴请所有同学去饭店吃饭，办生日派对。那天是个周末，他们一行一干完活就立刻坐飞机去了一个海滨城市，在有着清凉空调的酒店悠悠闲闲地吃饭聊天，度过了女儿生命中的重要一天。

两个月就这样过去了。看到女儿被晒得黝黑的脸庞和更加成熟的表情，我们心中甚感欣慰。在回学校之前，她整理了自己在泰国拍摄的照片，并且制作了可以连续放映的 PPT，我看见了他们每一个同学充满生机的笑脸，感受到他们在共"患难"过程中建立的深厚友谊。这两个月不寻常的经历在他们人生中的意义将在未来的日子里慢慢体现出来。

去年 12 月底，我们全家一起去了越南和柬埔寨旅行，女儿明显表现出对该区域地理和气候的熟悉，并且似乎勾起了她对泰国的许多回忆，一路上和我们讲了很多趣事。更令人吃惊的是，我们在湄公河边上的度假小村居住时，她看见一只苍蝇竟然立刻冲上去把它打死了！

什么叫脱胎换骨？我不得不称赞美国大学的这些短期"上山下乡"项目。

2013 年 4 月于美国西雅图

全家旅行

虽然在骨子里我一直深藏着浪迹天涯的孤独情怀,但在现实中我周游世界的活动几乎都是和家人一起进行的。不管到哪里,不管孩子有多年幼,我们都带着他们跑。久而久之,我发现全家旅行不仅有开阔眼界增长见闻的功效,而且还是创造家庭共同体验的渠道,所谓一举多得是也。

全家旅行的方法有几个,在美国国内如果是六小时之内的车程,我们一般就自驾行。住在西雅图,去得最多的就是加拿大的温哥华、维多利亚以及俄罗冈州的波特兰,一个北上,一个南下,车程都在三小时左右,当然,去维多利亚还需要坐渡船。温哥华风景优美,春秋风光各异,三面临水的斯坦利公园是我们的必游之处。而其邻近的里士满是华人(尤其是港人)聚集之地,中餐馆的质量颇佳,能让我们一饱口福,成为我们的必吃之地。维多利亚有浓厚的英伦色彩,那儿的布什娃公园(Butchart Garden)是人间园林一绝,布局奇妙,四季鲜花盛开,美不胜收。波特兰则小巧精致,附近哥伦比亚河流一带的山峦、岩石、瀑布、海滩、沙丘都算得上美丽绝伦,夏天的时候在海边平滑起伏的沙丘上搭起帐篷露营,听着海浪拍岸的声音入眠,也是相当有趣的经历。

自驾行的一个突出特点是全家(我们家四口人)有相当多的时间被封闭在一个有限的空间之中,时间长了,容易感到疲惫无聊。这些年下来,我们发现有几个方法可以使这段时间变得容易打发甚至有趣。一个是准备好听的音乐或歌曲,比如开到森林的时候听莫扎特的《小提琴第三协奏曲》,在海边行驶的时候播放鲍罗丁的《弦乐四重奏》,在都市的马路上开的时候听《欢乐合唱团》(Glee)的歌,或者在高速公路上开的时候听周杰伦的歌,不仅可以缓解单调,而且能够加深对景色的体验。孩子小的时候,可以准备儿童歌曲的CD。记得女儿贝贝小时候特别钟爱那个紫色恐龙Barney,对里面的歌曲也是百听不厌,因此那年我们开车去黄石公园以及附近的Grand Titan等国家公园玩的时候,车里面一天到晚放的音乐就是Barney的那盘CD,一直听到我们耳朵起茧贝贝都不肯罢休。另一个是准备一些游戏,比如猜谜语、连词,或用扑克牌算24点。贝贝和美眉都喜欢的一个游戏是猜美国各个州的首府,一个人报一个州名,另一个把该州的首府名说出来。比如一个说"加利福尼亚",另一个就说"萨克拉门托";一个说"伊利诺伊",另一个就说"斯普林菲尔德"。这样反反复复之后,我也记住了这些州府的名字。用扑克牌算24点也是一个不容易厌倦的游戏,我们可以玩很长时间。有一次,我们忘了拿扑克牌上车,但又想玩这个游戏,于是就发明了在头脑中玩的方法。那就是,一个人随意报两个数字,另一个人也随意报两个数字(11以下的整数),然后看谁能最快用这四个数字算出24(加减乘除乘方开方都可以用,一个数字只能用一次)。有一段时间我们玩上了瘾,美眉甚至一个人就报出四个数字来问我们是否算得出24,其实她已经在脑袋里算好了,比如4711、7924,看我们一下反应不过来,她就哈哈大笑。

当然,现在电子器件越来越多,在车上可以用电话、Kindle或iPad玩电子游戏、看电影、看书、听音乐、上网,打发时间越来越容易。但是这些活动之中,除了看电影,其余的几乎都是个体活动,对于增加家庭整体的气氛无益,有时甚至有害。因此,我们一般很少如此。如果要玩游戏,比如《愤怒的小鸟》,或者《水果忍者》,也通常是一个人玩一回,然后另外一个人玩,轮流之后,比赛谁的得分高,这样就把个体游戏变成了集体游戏。我平时很少玩电子游戏,水平很差。最喜欢的是一个点泡泡的游戏,把颜色相同的泡泡想办法聚在一起后再点破,聚得越多,得分越高。当然可想而知,每次我们比下来,我的分数都接近底线,大家就把我笑话一通,我也只能哑口无言。

全家旅行的另外一种方式是坐飞机、住酒店。这种方式可以是随团(商业旅行团)旅行,也可以是自助旅行。随团旅行相对容易,因为别人会负责所有机票、酒店以及行程的安排,但缺点是限制很多,基本上无法随心所欲地安排时间,更糟糕的当然是常常需要被迫花上一天半天的时间去指定地点购物。因此,我们选择的大多是自助旅行。这些年下来,我们全家的足迹也算踏遍了世界的很多角落。就中国而言,去过的城市有北京、上海、西安、杭州、苏州、南京、成都、香港、广州、呼和浩特、昆明、三亚等,然后就是这些城市周围的风景区,比如长城、颐和园、兵马俑、西湖、拙政园、中山陵、内蒙古的草原、云南的丽江、四川的九寨沟等。因为我们对中国熟悉,尤其北京、上海、杭州、西安和香港都是我们曾经居住和工作过多年的城市,所以回去都算熟门熟路(虽然年年有变化),带着孩子走街串巷、探亲访友,有时能产生"胡汉三又回来了"的感觉。

自助旅行去不熟悉的国家,需要的准备时间往往比较长。从地点的选择到机票的购买,从酒店的预订到旅行线路的设计,其中需要阅读的资料常常是大量的。但好处也不少:一个是投入感更强,在实地观光的时候会产生"旧地重游"之感;另一个是可以把准备工作分工,变成家庭的集体活动,比如爸爸订机票、酒店,女儿设计行程确定旅游景点,妈妈准备旅途需要的行装,等等。前年暑假我们全家去意大利和法国的时候就采用了这个方法,贝贝全面负责了旅程设计,包括每一天要去的博物馆和景点,需要坐的地铁巴士班次、线路和费用,都仔细记录下来,然后我们每到一地,就严格照章执行,十分有效。每次旅行之前,她也负责列出所有我们需要携带的物件的清单,然后我们一件一件放进旅行箱。现在贝贝上大学有时不能和我们一起旅行,这个责任就要落在美眉的肩上了。

用这样的方式旅行,我们去了日本的神户、大阪、京都、东京和北海道。我们坐巴士、火车、地铁、新干线,逛当地的市场、百货店、超市,仿佛本地居民一般。我们当然也去庙宇神社等一般旅游者必去的风景点,摄影摄像。我们也学了简单的日语,在巴士上可以对司机说出要下车的站名等。在印度旅行当然更是奇特的经历,因为街道上人、动物、车辆并行,公共交通又十分稀少,在印度要想自己行动十分困难。因此,我们通过印度朋友介绍专门雇了一个司机陪我们一个星期,去了 Agra(TajMahal)、新德里和老德里的街道和盛产宝石的 Jaipur。印度的古老文明在她的庙宇和古战堡中最有体现,那些石雕美不胜收。在意大利我们去了米兰、威尼斯、佛罗伦萨和罗马,为意大利文艺复兴时期的艺术、神圣庄严的教堂、罗马角斗场的恢宏、街道上随处可见的雕塑和古迹所震撼,也为意大利人那种追求时尚和渗透空气深入骨髓的浪漫情怀所感染。法国的巴黎更是满城充斥小资情调的地方,任何一个街头的咖啡馆都坐满了优雅闲士,一小杯咖啡在手就可以坐上聊上两三个小时。而巴黎城内城外的艺术博物馆和皇家博物馆都是我们的久留之地。我最喜欢的艺术博物馆是展有莫奈的巨幅系列油画《莲》的奥赛博物馆,站在这个环形的展馆中央,从不同的距离和角度去看这幅印象派油画,效果均不同,我们在那儿可谓是流连忘返(最近在伍迪·艾伦的电影《午夜巴黎》(*Midnight in Paris*)中出现了这个展馆),对莫奈的神奇画笔和想象赞叹不绝。而凡尔赛宫的壮观气势和金碧辉煌（尤其是那个镜屋），凯旋门的庄严和埃菲尔铁塔的飞逸姿态（我们拾级而上到了顶端），罗丹雕塑馆里我最倾心的"思想者"，以及卢浮宫的艺术宝藏，也都成为我们全家共同回忆的一个部分。

我们还去过澳大利亚的墨尔本、悉尼和凯恩斯的大堡礁。坐透明玻璃底的船在大堡礁的深水区观看彩色的鱼群，潜水看珊瑚时遇到两米多长的大鱼吓得不敢出声的经历，现在回忆起来依然历历在目。在泰国的时候玩飞船跳伞、骑水上摩托、看人妖舞蹈、与大象亲密接触等也同样印象鲜明。还有波多黎各的美丽海水和彩色的 San Juan 城，以及夏威夷的菠萝和企鹅，更别提在墨西哥的坎昆我们一家懒洋洋地躺在沙滩边的躺椅或吊床上看书、喝饮料（或鸡尾酒），或者在蔚蓝的海水中游泳，任海浪把整个人冲来冲去，居然还冲走了我们的三副眼镜。当然，在海浪来回之间捡贝壳又是另一番乐趣，而了解玛雅文明参观玛雅古塔算是那次旅行中最严肃的活动了。

全家旅行最省事的方法是坐游轮（cruise），只要订上船票，其余的基本上就全部安排妥当了。因为太省事，而且吃喝拉撒全都在一条船上，我们长期以来都对坐游轮旅行表示不屑。但今年暑假坐了一趟去阿拉斯加的游轮之后，发现其实这样的旅行方式也有可取之处。一个好处当然是不费心不费力，只要尽情享受美景、美食即可。另一个好处是全家人差不多朝夕相处形影不离，有很多时间讲话、游戏、交流。还有一个好处就是能够近距离观察游船内部的运作和管理。我们坐的这艘游轮总共载有两千多名乘客，运载的食品有数吨之重，服务人员超过五百名，而且船上的设施齐全，基本上就是一个小城市的缩影。餐厅有六个，电影院戏院有两个，商店有六七个，另有赌场一个，酒吧若干，摄影棚数个，健身房两个，游泳池若干。除此之外，不忘记人们的精神需求，船上还有一个小小的教堂。正式餐厅中的菜单餐餐不同,还专门设有正装晚宴日,要求大家都如绅士淑女般穿戴整齐。从上船开始到离岸回家,一切井井有条,秩序井然,从未出现一丝一毫的混乱。更值得一提的是,那些在餐厅服务的人员,每个人都热情友好,笑脸相迎,而且不管多忙,对你的要求都是有求必应。每次晚餐到上甜点的时候,领班会用幽默的语言宣布一天的独特节目,让服务员带领游客一起唱歌跳舞,以欢乐气氛。整理房间的服务员也是一样的热情友好,常常是趁我们外出观景的时候就已经把房间收拾得干干净净了。而且让我们特别喜出望外的是,每一天他们都会用浴巾折叠出一个不同的动物放在床上迎接我们回来。这些动物有猴子、海狮、大象,等等,表情动作惟妙惟肖,非常可爱。我们每天都给这些动物拍照,这变成了一天中另一件值得期待的事。

　　阿拉斯加的风景雄伟壮丽,海水透明如兰,山川鬼斧神工,站在甲板上,随着游轮的移动,看着景色如同画卷一样在眼前徐徐展开,有说不出的妙处。当然,最令人激动的就是看见那大片大片的蓝色冰川了。它们一排一排地站在我们的面前,寂静、神秘,与人类对视。我看到有些冰川上有深深的裂痕甚至出现了窟窿。几分钟后,突然一声轰响,第一排中的一条裂缝突然迸裂,碎冰飞扬,然后无声地落入水中;接着又是一声轰响,又是一声……据游轮上的自然科学家(naturalist)介绍,因为全球变暖,这些冰川每天都在向后退却(retreat),再过若干年可能就要消失了。想起当年看 Al Gore 拍摄的《难以忽视的真相》(*An Inconvenient Truth*)时看到北极熊站在断裂的冰块上不知所措的情景,还以为是离自己比较遥远的事,现在眼睁睁地看见全球变暖发生在自己的面前,心情非常复杂。

　　坐游轮旅行对我最有吸引力的一点其实是一种意境,那种一叶孤舟在茫茫大海中漂泊的意境,那种极其孤独无助但又顽强前行的意境。我们在游轮的顶层跑步或竞走,头上是无边的苍穹,四面是蓝色的海水,如此空旷开阔,真有在天上行走的感觉,神奇之至。

今年的寒假即将来临,又到了全家旅行的时候。我们已经做好了全部自助行的准备,一家人将从不同的城市出发,然后到西班牙的马德里聚集,再去巴塞罗那和英国的伦敦。一想到全家旅行,我就希望能够跳过所有的日子,立刻就到出发的那一天!

2011 年 11 月于美国西雅图

登山望水

以前在杭州居住的时候，因为西湖周围有许多树木葱茏的山，所以放学后或者周末常常会去爬山。初中的时候经常去爬的是玉皇山，离当时的长桥中学步行只有 10 分钟的距离；另外常去的是南高峰，离我最要好的女同学家也只有几百步之遥。高中的时候在浙大附中，不仅离老和山很近，而且在回家的路上还要路过孤山、保俶山。记得有时在午休时分（一般有两个小时）看见天高云淡的话，我就会去山上走一圈。大学的时候住校，时间更多更自由，而且杭大又离黄龙洞很近，下午放学后去爬山就更是经常。特别妙的是杭州的山与山基本全部相连，比如从黄龙洞的后面上山，一路登上去，下山时就到了玉泉附近的烟霞洞。再比如从浙大后面的老和山上去，在山上行走数十分钟后就可以从保俶山附近的紫云洞下来。当然，更令人欣喜的是在山顶上还可以把整个西湖尽收眼底，那时西湖如同盆景一般，精致玲珑，给登山增添很多乐趣和美感。

多年之后，生活在有山有水的西雅图，发现每座山都比杭州的要高出数倍，而且离家的距离也相对要远一些，所以爬山的频率就大大降低了。但是我们对山的喜欢程度依旧，所以每年总会抽出时间去爬几座山。最近又最容易爬的可能要算 Rattlesnake 山了。山下有美丽的小湖,山上长满了郁郁葱葱的参天大树,登山的时候仿佛在深山老林里行走一般,远离尘世的感觉油然而生。当然,更令我们惊叹的就是山顶的风景了。

站在山顶的巨大岩石上放眼望去,一座山连着一座山,延绵不断延伸到天的每一边尽头。而且每一座山都被四季常青的松树、柏树、杉树密密覆盖。午后的阳光洒落下来,给每一棵树都蒙上一层金光。低头往下看,才发现山下那个小湖湖水的颜色竟然是如此的神奇美丽,在蓝色和绿色之间层次丰富飘移不定。如果不达山顶,一定无法认识小湖的全部品质。

古人有诗云,"会当凌绝顶,一览众山小"。而我的登山感觉却不能如此表达。登到山顶方能领略水的全貌,我们对于人的认识又何尝不是如此呢?

参天大树

登山方能见水

山下的小湖

看水不是水

枯枝连心

2012年10月于美国西雅图

越南之行散记

全家旅行的乐趣,我在去年的文章里曾经描述过。今天冬天,我们一家选择了去温暖如夏的东南亚国家旅行:越南、柬埔寨和新加坡。这里记录的是越南之行。

先到西贡(胡志明市),住 Novetel,非常现代的设计,舒适的床,好看的沙发和椅子。西贡有不少法国人留下的建筑,如教堂、邮局等。大街上装点了很多圣诞节的彩灯,花朵形状的,在白天看起来也相当有节日色彩。西贡的马路上时时出现有着工农兵形象的宣传画,颇有中国"文革"时期的遗风。在很多大楼里面,也可以看到高悬的胡志明画像,与当年毛泽东的画像出现在每个中国人家客厅的墙上颇为相似。最令人震惊的是满街的摩托车,每个骑摩托的人都戴着帽子和口罩,把自己捂得严严实实的,而我们穿着T恤短裤在街上走还嫌热呢。每次绿灯一亮,那大部队的摩托车就开始过街,速度之快令人咂舌。这样的情景在每一条大街小巷都是如此,真不知道越南每天有多少辆摩托车行在街上。

在西贡我们饱餐了越南闻名世界的美食 Pho;有趣的是,我们吃了好几家之后(包括本地居民最喜欢的那家),才总结出来似乎美国的 Pho 更好吃,里面的食料也更丰富。让我们印象深刻的是本地的小辣椒,大约比小拇指还要细,切成一粒一粒,放在调味盘里,供客人自己决定放多少。一开始不知道小辣椒的能量,放了五粒在汤里,结果辣得稀里哗啦的,连忙把辣椒粒挑拣出来放到汤外。另外,我们发现越南的咖啡奇香无比,远胜星巴克,特别是一家叫 TrungNguen 的 No.1 咖啡馆,每一款咖啡都精心制作,让我这个平日不爱喝咖啡的人都赞不绝口。

在西贡期间,我们去了 Mekong Lodge,两天一夜的行程。在湄公河边的度假村住下,村里大约有十几间草房,大片的果园,各种各样的热带水果琳琅满目。塔形的香蕉啦,几倍大于含苞的荷花的香蕉花啦,龙眼啦,满身疙瘩的特大 Jack Fruit 啦,菠萝啦,从树上挂下来的绿芒果啦,让我们欢喜不已。下午骑自行车去岛上旅行,有导游带路。多年不骑自行车了,在高低不平的泥土碎石小路上居然摇摇晃晃。好几次需要坐渡轮过河,每一次都是一大堆骑摩托车与自行车的人,其中许多是穿着校服的中学生。渡轮十分简陋,大部分由木板/条搭成,四面透风,中间一个发动机,司机坐在上面。乘客大多站立,基本没有座位。渡轮一到岸,大家立刻推着摩托车、自行车上岸,继续自己的旅程。湄公河河水浑浊,时宽时窄。一路下来,我们参观了水上集市、制作椰子糖的家庭加工厂。椰子糖口味香浓,但包装简陋,糖纸粘在糖上,剥不干净。

然后我们到了河内,住 The Moment Hotel,在古城的闹市之中,闹中取静,别有风味。酒店的服务十分周到细致,早餐更是别致。旅馆四周皆是有商铺的小街,街边停满摩托车,街上也充满快速行动的摩托车,走路时常常有惊无险。附近有一小湖,湖边有许多大树,树干和树枝常常弯曲如大伞一般罩住湖面。湖中那些树干和树叶的倒影和空中的遥相呼应,美丽荫凉,是路人照相的好景。可惜天气阴沉,见不到阳光。湖边也多有卖水果的妇女,绿芒果、黄菠萝，切成片状，用胡椒辣椒一类的 Spice 暴腌，吃起来味道有些怪。还见到卖甜点的摊头，放着许多如中国月饼状的糕点食品，有一种貌似苏式月饼，另一种看似广式月饼，买了品尝，果真貌如其物，且味道奇佳。苏式月饼内芯是榴莲咸蛋黄，很有双黄白莲蓉的感觉，当然有极浓烈的榴莲味，好在我们都爱榴莲，所以待如珍品。广式月饼略成塔状，里面内容丰富，肉干、干果、猪油、果仁俱全。

期间去了亚龙湾（Halong Bay），两天一夜的游船，如诗如画的人间美景，好像把漓江那些奇特的山峰都搬到水里来了。游船在青山绿水中悠然穿行，或直行，或转弯，上一分钟和下一分钟的景色都不相同。在甲板上，只看到山峰或近或远，悄然无声地滑行过去；在船舱里，从窗户望出去，只见碧绿的水波如绸缎般起伏，那山峰上岩石的刻痕和颜色如同大自然的艺术杰作，在眼前变幻。船不大，基本由木板制成，总共大概二十个房间，不到五十名游客，来自世界多个国家和地区的十几个家庭（澳大利亚、新西兰、中国香港、新加坡、德国、法国、美国等），老人孩子都有。大家每天在一起用餐，餐厅里有许多圣诞节的装饰，温馨和暖，仿佛一个大家庭。食物也十分精致丰富。

也有坐小划船去湖湾的更深处观赏美景。那时感觉整个身体都融入了青山绿水之中，四面的山峰错落有致，而宝石般绿色的水又触手可及，真是妙不可言。有一座山峰的底部有一个大月牙形的空洞，小划船面向山峰徐徐而行，是一种渐入佳境的画面，必须身在其中才能体会。

水上有渔村、渔民，还有渔村小学。每一家渔民都有一条狗，用船只出行。也有水上集市，载着满船的水果、饮料和小商品在水上划行，划到游船附近向游客兜售。水上人家的房屋简陋，但可以遮风挡雨，看上去还算整齐。有的人家的船上或房顶上还挂着一面带有一颗金星的红旗（越南国旗），在青山绿水之上飘动，格外醒目。

香蕉塔

看水不是水

夕阳下的轮渡

水上集市

相映成趣

别有洞天

2012 年 12 月于河内机场

牛津大学掠影

早上从伦敦的帕丁顿火车站出发，一个多小时西行之后，便来到了久负盛名的英国牛津大学。下了火车去访客中心询问，才知道牛津的设计既不像美国的大学一般有一个以 Quad 为中心的 Campus，也不像中国的大学有明确的校门以及严密的围墙。她由三十多个相对独立的学院（College）组成，散落在牛津这个小镇上。除了学院之外，大学里还有多个博物馆、古城堡、演艺厅、图书馆、教堂、购物中心，以及大小不一的公园，占地总面积有六十多平方公里。这天天气晴朗，天空湛蓝明净，些许轻盈的白云飘来飘去，初秋的金色阳光照在身上暖洋洋的，让人产生强烈的观光欲望。我于是就接受了坐 Hop On-Hop Off 观光车的建议，兴致勃勃地前往我这次重点想去的地方：Christ Church College。它的学生餐厅曾出现在著名的《哈里·波特》电影里面，场面宏大壮观。当然，里面的吊灯并不会自己移动，墙上图片上的头像也并不会眨眼或做出各种古怪表情，更不会直接走下来参与学生的活动。还有以教堂和合唱团著名的 New College，以及令人敬仰的著名社会科学院 Nuffield College，等等。

坐上观光车才发现，原来每一站的距离都非常近，还没到三分钟，就已经到了第七站:Christ Church College。急忙下车,才发现自己仿佛穿越了时间隧道,四周已经都是古老的歌德式建筑。走进学院的大门,看见门口立着一块牌子,上面写着"游客止步",不禁十分失望。问了门房,回答说因为今天学院有内部活动,所以不对外开放,但是明天会开。无奈,只能在门口照了两张照片了事。《哈里·波特》里的餐厅这一次是绝对不能亲眼目睹了,甚为遗憾。

  为周围大片的歌德式建筑所震撼,我决定步行漫游校园,细细品味渗透在整个牛津大学空气中古老又现代的学术氛围,并体会知识分子和精神贵族的骄傲与优雅。前来牛津观光旅游的人川流不息,街道上行走的人中大约有四分之三是游客,也难怪学院不能对外开放了,否则岂不太干扰学生的学习?而且这个周末正好是大部分学院欢迎新生入学的时间,有许多晚餐聚会、文娱庆祝活动,等等,校园里十分热闹。

  由着自己随心所欲的兴致,我每见到一个学院的大门就往里钻,遇到"对外开放"的牌子就到里面仔细考察一下,遇到"游客止步"的牌子就在门口照几张相。不知不觉地就走过了好几个学院,也渐渐发现这些学院建筑风格和体系的相似及不同之处。相似的地方是每一个学院都自成一体,用回形建筑构成,门口有金、黑两色镂空雕花的铁门,门的一边有门房和收发室(连带信箱)。回形建筑的中间都有碧绿整齐的草坪,有的学院在正中间会塑一座雕像,有的则无。建筑的外形都古典精致,窗子的设计也相当别致。在这些回形建筑中,不仅有上课的教室、会议室、老师的办公室,还有学生的宿舍和食堂,大一些的学院还有自己的教堂、音乐厅、练琴的琴房,以及修建精美的后花园,比如 New College 就是如此。我在里面自由漫步,听了学生在教堂里 Audition 的钢琴曲目,欣赏了后花园中盛开的鲜花和青青草坪,还在一间被称为"Long Room"的房间里静听了一位亚裔女生练习钢琴的美妙音乐。这位女生自己练习的曲目比在教堂 Audition 那位的难度更高,而且弹奏技巧也更加到位,让我印象深刻。

在整个步行过程中,我最喜欢的要算是那条叫做 New college lane 的小街了。这条街就在科学图书馆(Radcliff Camera)对面,开始的地方有一座横跨小街的全封闭式人行天桥,建得小巧精美,每一扇玻璃窗都有精细的镶嵌。更棒的是,从小桥下看出去,路边人行道上的树木色彩斑斓,蓝天映衬下的城堡顶端呈现出威严,路边建筑的砖墙原先的黑色正在剥落,看上去十分古旧,显现出历史的沧桑。小街上行人寥寥,我看见一位年轻学者推着自行车,正驻足与一位年长一些的学者很投入地讨论着一个学术问题。还有一些学生模样的年轻人骑着自行车缓缓而行。如此静谧、温馨的画面,远离尘世的喧嚣,让人能够感觉与历史的亲近,并且很快进入专心研究的境界,真令我心驰神往。假如可以重来一遍,下辈子一定要来牛津大学读书啊。

在天桥底下不远处,有一条大约只有一人多宽的窄巷。在巷口的红砖墙上,写着两个路标,其中一个是"The Famous Turf Tavern: an education in intoxication",我很好奇,就顺着路牌走了进去。拐了一个小弯再走几步,就到了窄巷的尽头,我才知道原来这个受"醉中教育"的场所就是酒吧了,一部分在室内,一部分露天。还是下午,酒吧里就已经生意兴隆,但喝酒者看上去都是游客的模样(可能学生还没下课),我想象到了晚上这里就应该是牛津大学学生们的天下了。

走了四个多小时,我大致才看了十几个学院,远远低于我原先的预期。更令我纳闷的是,我似乎怎么也找不到商学院的大楼。听说前些年有一位叫 Said 的中东商人捐钱给牛津建一个商学院,牛津没有同意。后来此人不仅坚持而且加倍给钱,终于把商学院建立起来了,并以 SAID 命名。因为要赶回伦敦的火车,我只能作罢。没有想到的是,在我从 Nuffeild College 走向火车站的途中,居然发现了 SAID 商学院——一座外表与所有其他学院都迥然不同的大楼,几乎全部用玻璃建成,没有一丝古典气息。再仔细一看,才发现原来这座大楼就在火车站对面,与其他那些具有悠久历史的学院相距甚远。从地理位置来看,我仿佛能够明显感到牛津大学对"商"的轻视,大概是因为商学不够精神贵族的缘故吧。

伦敦帕丁顿火车站

牛津大学 Chirst Church 学院

牛津大学图书馆

牛津大学 Hartford 学院

牛津大学掠影

窄巷深处有酒吧

2012年10月于美国西雅图

樱花雨

今年西雅图的冬天特别长。在美国东部和中西部出现反常干旱暖冬的三月,西雅图的天空却还常常是愁眉不展,不急不躁、不温不火地继续着惆怅的雨季。每天看着清爽透明的雨珠不断敲打在汽车的玻璃窗上,看着马路上由于雨水的反光映出的城市倒影,真让我怀疑是不是老天爷把全世界的水都聚集到了西雅图的城市上空。

直到四月之初,校园里的樱花才开始徐徐绽放,总算打破了沉闷的灰色。这些樱花树的树龄都在百岁以上,却是一年比一年开得旺盛,许多树的枝干上甚至都会开出奇葩。等到所有的樱花都盛开的时候,漫步在树下,那种缤纷灿烂的感觉会让人情不自禁感叹春天的美好和大自然的神奇。那时,樱花树下的草坪上总是坐满了来自不同专业的学生,有的在画画,有的在玩飞盘,有的在上课,有的在拍照,有的在弹吉他,有的则卧着睡觉。如果是周末,本地的居民也都会前来观赏,老老少少,脸上都洋溢着春天的气息。

今年四月特别忙,等我找到时间去拍照,才发现已经到了樱花即将凋谢的时光。新叶已经悄悄地长了出来,而一阵风吹过的时候,那些花瓣都开始飞舞起来,纷纷扬扬,飘飘洒洒,落在人们的发梢、肩头、衣服上;所谓落英缤纷的意境大概就是如此了。我让自己在樱花雨中淋了十几分钟,尽情享受这即将消逝的人间美景。

在此选上几张照片与你分享,希望也能让你感受到樱花雨的美妙。

樱花雨

168 | 看水不是水

櫻花雨

2012年4月于美国西雅图

爱情公园

"城市为什么不为情人树碑?"

——秘鲁诗人 Antonio Cilloniz

虽然我去过很多城市,亚洲的、欧洲的、中国的、美国的,也在城市里走过许多公园,浏览过许多雕塑。欧洲城市中以罗曼蒂克著称的要属意大利的罗马和法国的巴黎了,但是,在到达秘鲁的利玛(Lima)这个南美城市之前,我从来不曾见过一个专门歌颂爱情的公园,更没有见过如此表现男女爱情的巨型雕像。

爱情这个词在中国长期以来受到禁锢,记得当年在进口影片中有较长的男女接吻镜头的电影都要被剪掉了才能放映。中国人在过去给女人只立贞节牌坊,有无爱情不是主要的考虑因素。就是在禁锢解除、"情爱"相对泛滥的今天,对于爱情的认识和态度恐怕也未达到给爱情树碑立传的程度。

这就是为什么这个爱情公园让我震惊的原因了。在来秘鲁之前,我不曾到过南美的任何国家,头脑中熟悉的南美作家中我只了解因写了《百年孤独》而获诺贝尔文学奖的作家加西亚·马尔克斯。他另外一本我个人认为文学成就也相当杰出的小说,就是《霍乱时期的爱情》。在这本书里,他用栩

栩如生的笔触描写了一个社会底层的少年在一见钟情爱上一位上层社会的美丽少女之后，经历一生的爱情折磨而不放弃，最终在两个人的生命都快要走到尽头，在霍乱大流行的时期，他们的爱情才得以实现的故事。小说中所流露出来的南美风情、各种动物、声音和气味都带有浓重的神秘色彩，而被压抑不能表露的爱情及其深刻体验则渗透在每一页纸的纤维里，那些只能在梦中开放的爱情之花——红色的罂粟（poppy）在夜深人静时分绽放异彩的情景，就是放下书之后，依然久久地在脑海中显现。可是，马尔克斯写的是南美的哥伦比亚，不是秘鲁啊！也许南美文化中有一种共同的要素，就是对爱情的态度。

利玛是一个海滨城市，紧邻着太平洋。城市沿着海岸线而建，步行可以在海边走上四五个小时。海边的绿化和建设都属一流，一个公园连着一个

公园,爱情公园是其中的一个。据说该公园是在1993年的情人节那天开放的,距今已有20年的历史。公园的中间是两个情人半躺着充满激情接吻拥抱的雕塑,他们面向着太平洋的美丽日落,忘情地互相爱抚。在雕像的周围,有无数座用彩色的马赛克铺就的墙面,上面写满了有关爱情的诗句和语录,以及在文学著作中有名的恋人的名字,比如罗密欧与朱丽叶,等等。那些彩墙上有的还镂空现出一个太阳或者月亮,透过这些空隙,也可以望见太平洋。

秘鲁的风俗中有一项与众不同的是他们见面时打招呼的方式。在中国和美国,陌生人之间一般都是握手,日本人是鞠躬,印度人则双手合十身体前倾。那天我刚下飞机,来机场接我的男士(从未谋面)见到我就迎上前来,在我的左右脸颊上各亲了一口,让我相当尴尬。可是当我把这个风俗和爱

情公园联系起来的时候,就想到它们之间的联系和必然性。用肢体语言表达感情在南美文化中也许被看成常态,没有做作的成分和掩盖的必要。

在爱情公园徜徉了一个多小时,我发现很多对情人在雕像下拥抱、亲吻,有的甚至比赛接吻时间的长短;还有新婚的男女穿着礼服、婚纱照相;人来人往,络绎不绝。这里是一个可以公开表达和庆祝爱情的地方,这里是一个可以为情人树碑的地方,20 年来,不知又演绎了多少新的爱情故事,可以加刻到彩色的马赛克墙上呢!

2013 年 4 月于美国西雅图

一个人

一个人
可以只是宇宙中的一粒微尘
无声无色
　　无影无形
　　　　自生自灭
　　　　　　来去无痕

一个人
可以成为黑夜中的一道闪电
或者铁屋中的一声呐喊
给习惯黑暗的眼睛　带去光明
　　让习惯谎言的耳朵　听见真相
　　　　让习惯沉默的嗓音　开始歌唱

一个人
身体可以被禁锢 或流放
心灵和思想却可以随时翻墙
在广袤无极的时空中
自由翱翔

一个人
清贫或富贵
活着或死去
其影响可以超越任何实体的形式
在你我之间徘徊
　　或在苍穹间回荡

一个人
在遥远的昨天与我们相识
在最近的今天与我们告别
而他的希望和理想
不知要到哪个明天
　　才会出现在太平洋彼岸的
　　　　那片古老土地上

2012 年 4 月于美国西雅图

纪　念

在一个埋葬了数千人的地方
如果要竖立一座墓碑
那块碑该有多高多长
也许能遮住半边天空
让大半个世界
见不到阳光

数千个个体
他们曾经是父母　或兄妹
是朋友　或儿女
他们曾像你我一样
对生活和事业充满了向往

可是他们的生命
却在那个初秋的早晨

不明不白地被突然
横刀斩断
那曾经令世界骄傲的双子座
变成他们的葬身之地

那每一个生命曾经放出的光芒
如何才能被汇聚
让活着的人不放弃希望

把墓碑放平
再折成回字的形状
仔细将每一个亡者的姓名
一笔一画
深深地刻进黑色的大理石
纪念　冥想

然后将那一束束
永不停歇的生命之水
从每一个姓名底下喷涌而出
围绕回字形的墓碑
跳下悬崖
自由飞翔

于是就有了
那四面声势浩大的瀑布
源源不断
生生不息

在阳光的照射下
无数道彩虹冉冉升起
好像那数千个不灭的灵魂
重获新生

看水不是水

2012年4月于美国纽约

曾　经

我曾经失魂落魄地寻找你
　　　从那座大楼的每一个教室
　　　到月光下静悄悄的大操场
　　　从图书馆书架林立的藏书楼
　　　到那片人迹罕至的松树林

我曾经朝朝暮暮地思念你
　　　每一首爱情歌曲都和你相关
　　　每一面镜子里都映出你的笑容
　　　每一缕春风中都有你的气息
　　　每一对恋人仿佛都是你我的影子

我曾经千声万声地呼唤你
　　　在南屏晚钟的袅袅余音里
　　　在夜深人静的睡梦中

在空无一人的露天广场
你可知道你耳边飘过的每一阵风里都夹着我的絮语？

我曾经刻骨铭心地爱着你
  我在日记本上写满你的名字
  脑海中出现的都是你的表情
  我甚至忘记了自己是谁
  恨不得时时刻刻和你相依永不分离

我曾经
  曾经想象我们在空中旅行
  体验一起飞翔的感觉
  两个思想和灵魂相通的人
  无须开口
  就能听见彼此心领神会的言语

2013 年 2 月于美国西雅图
写给第 26 个结婚纪念日

古树里的爱情

只有在这座站立了近千年的古迹上
我才有勇气
把我们书写了一百年的恋情
把那些平常日子点点滴滴难以表达的爱情
折叠成一粒粒种子的形状
放进古树的洞穴
让它们在寂静无声的夜晚
对着穿越了几十万光年的点点星星
轻轻地慢慢地细声诉说

凌晨时分
古树那蜿蜒曲折的白色树根上
终于绽放出
奇异的红色花朵

古树里的爱情 | 185

186 | 看水不是水

2012 年 12 月于柬埔寨吴哥窟

莲花交响

黎明时分
一朵睡莲悄悄醒来
伸伸懒腰
绽开一片花瓣
瞥见天空奇异的云彩
欣喜　情不自禁
用水下的根须
触动所有的同伴

池塘深处
于是回荡起低沉温婉的音乐
层层叠叠的花瓣
携手　起舞翩翩

看水不是水

莲花交响

看水不是水

2012 年 12 月于柬埔寨吴哥窟

大自然的纹理：石头对水的记忆

今年四月，又到了女儿放春假的时间。往年我们常去美国之外的地方旅行，这次决定带她好好观赏一下美国的大好河山，于是就选择了我们自己也不曾到达的美国西部——亚利桑那的大峡谷国家公园、犹他州的 Zion 国家公园、Bryce 峡谷国家公园、Capital Reef 国家公园，以及 Arches 国家公园。整整一个星期，每天我们都对眼前的奇景叹为观止。大自然的杰作和手笔，真是任何艺术家都无法企及的。

所有这些奇景中的共同点，就是那些神奇的石山，每一块、每一片石头上都被雕刻/雕塑过了。是什么可以在坚硬的石头上雕出如此美丽的纹路呢？不是刀、不是铁，而是无形无色、无味无声的水！一条科罗拉多河(Colorado River)，经过千百万年孜孜不倦的努力，雕成了壮观的大峡谷；一条处女河(Virgin River)，也是在地心引力的不断作用下，雕出了色彩繁多的高山峭壁。而当水变成雪、结成冰、再融化的时候，就铸就了那些静默伫立的糊涂人(Hoodoos)，浩浩荡荡，层层叠叠，让人目不暇接。天上的水、地上的水都有酸腐性，时间长了，脆弱的石头可以被溶解，因此就形成了石洞或石拱(Arch)。正是在对石头的观赏中,我们看到了以柔克刚的具体表现,也看到了水滴石穿的真正含义。

在此与大家分享照片,让你们走进我们的旅程,并觉不虚此行。

夕阳下的大峡谷：科罗拉多河千百万年的雕刻

这里的石头会唱歌

大自然的纹理：石头对水的记忆

水过有痕

看水不是水

石山上的水波

千回百转

大自然的纹理:石头对水的记忆

石破天惊

大地流星

看水不是水

石头对水的记忆

大自然的纹理:石头对水的记忆

鬼斧神工

处女河

大自然的纹理：石头对水的记忆

墙外的世界

204 | 看水不是水

伫立了千年的糊涂人

大自然的纹理:石头对水的记忆

冰雪铸就的奇迹

沙的化石

看水不是水

自然雕刻的城堡

守望者

大自然的纹理：石头对水的记忆

高山上的小红花

高原上的白桦林

犹他州的罗马古城

大自然的纹理:石头对水的记忆

群雕

天然壁画

东窗南窗

大自然的纹理：石头对水的记忆

在空中起舞

2013 年 4 月于美国西雅图